集英社文庫

おばちゃまはシリア・スパイ

ドロシー・ギルマン
柳沢由実子・訳

集英社版

集英社文庫

おはようヘリコプター・マン

ウラジミール・ナボコフ
沼澤洽治 訳

集英社

おばちゃまはシリア・スパイ

●登場人物

ミセス・ポリファックス	主人公（おばちゃま）
サイルス	ミセス・ポリファックスの夫
カーステアーズ	ＣＩＡマン
ファレル	元ＣＩＡマン
ビショップ	カーステアーズの部下
アマンダ・ピム	行方不明の女性
オマール	シリアの連絡者
ジョー・フレミング	遺跡発掘のアメリカ人
エイミー・マディソン	女性考古学者
ザキ	テロリストのボス
バーニー	ジョーの友人。発掘現場の仲間
ローリングス	ＣＩＡヨルダン・オフィスの活動員
ファリーク・ワザガニ	ＣＩＡのエージェント。シリア人学者

プロローグ

ミセス・ポリファックスは退屈していた。それになんだか人生から除け者にされたような気がしていた。サイルスは大学で週に三回、法律を教えるようにたのまれて、すっかり張りきっている。

「人の役に立つというのは、じつにうれしいものだ」

と言い、ミセス・ポリファックスもそれをよろこんでいた。

いっぽう、彼女自身はあまり役に立つようなことはしていないと感じていた。でもわたくしは、いまでも賞をいただくような立派なゼラニウムを育てているし、健康もとてもすぐれているし、空手のほうももうじき黒帯がもらえるし、地球環境救済クラブの活発なメンバーだし……と、彼女は自分をなぐさめた。そして、わたくしって、ほんとうにスポイルされているんだわ、と思った。なぜなら、『ある一定の年齢以上の』と遠回しに表現される年齢の女性としては、自分はほんとうに幸運なのだから。でも……。

ミセス・ポリファックスはいつのまにか左の腕をさすっていることに気がついた。それは、さほど遠くない過去に、ベドウィンのテントでブシャクという男性が銃弾を取り出してくれたほうの腕だった。

きっとこれは一時的な落ち込み、反動なのだわ。CIAとカーステアーズのために危険な世界へ飛び込んだあと、日常生活に戻ると、出かけるのはスーパーマーケットか銀行ぐらいで、あとは家の中で料理や掃除、せいぜい体を動かすといっても、冬に備えて庭を片づけたりゼラニウムの世話をしたりするだけですもの。

朝食のテーブルの向かい側に座っているサイルスは、広げた新聞の上からめがねをかけた顔をのぞかせて声をかけた。ミセス・ポリファックスが腕をさすっているしぐさが気になったのである。

「まだ痛むのかい？　ドクター・オートンに一度見てもらうといいのに」

と言ってから、ちょっとためらいを見せて言い足した。

「きみが家におとなしくいてくれて、ほんとうにほっとするよ、エム」

そう言っているときに、電話が鳴った。

サイルスはコーヒーカップをおいて、ブリーフケースと新聞の向こうにある電話に手を伸ばした。ミセス・ポリファックスは彼の表情が変わるのがわかった。

受話器を渡しながらサイルスは言った。

「ビショップだよ」

「まあ」

と彼女は驚いて言ったが、顔に喜びが表れないように気をつけて、声もふつうを装った。

「ビショップ、またあなたの声が聞けてうれしいわ。お元気でらした？」

ビショップのほうは、お上品なあいさつのやりとりには興味がないらしく、単刀直入に言った。

「今日なにか大事な予定がありますか？」

「いいえ」

とミセス・ポリファックスは言った。まったく正直に。

「迎えの車がお宅の前にあと四十分で着きます。カーステアーズがぜひ来てほしいと言っています。ああ、それから、念のためパスポートを持ってきてください」

そう言うが早いか、ビショップの声はまたもや唐突に切れた。

「エミリー・リード＝ポリファックス」

と彼女の夫は警告の表情で言った。

「ビショップはただわたくしとお話ししたかっただけよ」

とミセス・ポリファックスは無邪気に言った。

「信じられんね」とサイルスがうなった。「きみは前の旅行から帰ってきてまだ間もないよ。その腕のけがもまだ治りきっていないじゃないか」

「治ってますわ。ただかゆいだけです」

サイルスは首を振った。

「わかってる、わかってる。たしかにぼくはきみの冒険に口出ししないと約束した。ただ、心配なだけなんだ。なんだかいまの電話は変だったよ」

それから壁の時計を見上げて言った。

「もう行かなきゃ。最初の授業に遅刻したくないからね。だけどエム、おねがいだ、危険なことだけはやめると約束してくれ。いいね？」

もちろんサイルスは、カーステアーズがいま何を考えているにせよ、危険なことになりうると十分に承知していた。と言うのも、彼がミセス・ポリファックスに会ったのはザンビアで、それも非常に危険な状況で、紙一重のところで助かった経験を共にしていたからである。サイルスは彼女といっしょにタイにも行ったことがあった。そこでは彼は暴漢に誘拐されるという経験をしていた。だが、ミセス・ポリファックスはいまこのことを彼に思い出させるつもりはなかった。また電話でビショップが念のためにパスポートを、と言ったことを話すつもりもなかった。

そのかわり、彼女はにっこり笑ってこう言った。

「今夜は鶏のバーベキューにしましょうね」

サイルスが出かけたあと、ミセス・ポリファックスはＣＩＡ本部に行く用意をしに、急いで二階へ駆けあがった。

第一章

ミセス・ポリファックスはカーステアーズのオフィスに足を踏み入れた。このおなじドアを何度開けたことか。今度はどんな用事かしら、なぜ自動車だけでなく、専用機まで差し向けて急がせたのかしらと思った。彼女がドアを閉めると、カーステアーズの秘書のビショップが書きかけの仕事から顔をあげて飛び上がり、勢いよくやってきてあいさつの抱擁をした。

「よかった、やっと来てくれましたね。カーステアーズは朝からずっとピリピリしているんですよ」

「ピリピリ？」

「ええ、機嫌が悪いというか、イライラ、神経質になっていました。ちょっと待ってください。いま恐竜のご機嫌を見てきますから」

「おねがいしますわ」

と彼女はさらりと言った。

ビショップは奥のカーステアーズの部屋のドアを開けると、「ミセス・ポリファックスの到着です」と言った。

カーステアーズは、ミセス・ポリファックスと握手をしようと執務中の机から立ち上がった。相変わらず背が高く、やせている。銀髪はよく日に焼けた顔色に似合っている。ビショップはいつも不思議に思うのだ。カーステアーズはめったに戸外に出ないし、スポーツセンターで運動することなど頭から軽蔑している。それにいつも夜遅くまで仕事をしている。それなのにどうやってこの日焼けと引き締まったからだが保持できるのか。

「よくきてくれました、ミセス・P。安心しましたよ」

とカーステアーズはにこやかに言った。彼はいまでもときどき思い出す。CIAのなかでももっとも優秀なエージェントの一人ミセス・ポリファックスが、無邪気にも、ある日選挙区の議員の当たり障りのない紹介状を持って人事課のメイスンのオフィスにやってきて、哀れなメイスンを上品な質問で困惑させてから、じつはスパイを志願してきたのだと打ち明けたときのことを。あのとき、もしカーステアーズが偶然にメイスンのオフィスを通りかからなかったら、そして彼女を見かけなかったら——あのとき彼が探していたお人好しな観光客を装う運び屋のイメージに彼女はまさにぴったりだった——、メイスンは彼女を追い返していただろう。そしたらこの希有《けう》なエージェントは存在しなかったことになる。そう思って、カーステアーズは何度、愕然《がくぜん》としたことか。彼女の仕事には常に驚かされる。するどい直感に従って、無邪気に、天才的に任務を遂行してくれる。彼はミセス・ポリファックスにはいつも驚かされっぱなしだった。

彼女がいなくなるとか、つかまるとか、最悪の場合死ぬとかいうことを想像するだけで彼の血圧はあがってしまう。だが、できるだけそんなことは考えないようにしている。たとえばいまも、いやなことはなるたけ考えまいとしている。

「これはまた、すばらしく派手な帽子ですね」とカーステアーズはミセス・ポリファックスお気に入りの新しい帽子をほめた。「どうぞこちらへ、いっしょに話をしましょう」

「いっしょに？」

彼は机と反対側のコーナーへ案内した。そこにはブルージーンズにツイードジャケットの男が一人、背中を向けて大きな地図に身を乗り出して、指で道をたどっていた。振り返ったのを見て、ミセス・ポリファックスは驚きの声をあげた。

「ファレル？」

「ハーイ、おばちゃま」とジョン・セバスチャン・ファレルは大きく笑いながら言った。

「あなた……、ここでなにをしてらっしゃるの？　メキシコのアートギャラリーのお店にお戻りになったのではなかったの？」

「あれは売りました」と言いながら、彼は二人のほうへ歩み寄った。「ぼくの絵がちかごろバカに売れるようになったもんで、ギャラリーをたたんでメキシコから引き上げようと思っている」

「それじゃ、またカーステアーズのところでお仕事なさるの？」

ファレルはミセス・ポリファックスの頬にキスした。

「そうはならないと思うけど、カーステアーズはそうなることを望んでいるようだ。いまのところは……」と彼は肩をすぼめた。「フリーランスのかたちでいこうかと思っている。ぼくがどういう人間か、おばちゃまは知っているでしょう?」

ミセス・ポリファックスはほほえんだ。

「ええ、知ってますわ。拘束されるのがきらい」

それに向こう見ず、と彼女は思った。メキシコで秘密の諜報員を何年もしてきた。アートギャラリーを経営しながら、いっぽうで銃を使うような仕事をしたり、アフリカで自由を求めて戦う戦士たちを応援したり……。でもまだまだ、人生から引退するにはハンサムすぎる。

カーステアーズが二人に座るよう言葉をかけた。

自分もゆったりと椅子の背にもたれると、カーステアーズは話し始めた。

「いま私は、一人の堂々として威厳のあるご婦人を必要としている。それも行方不明になった姪を探し出そうと息巻いている中年婦人を。それと、彼女がめんどうなことに巻き込まれないように警護するボディーガード。二人の関係はまだ決めていない。友人にするか、いとこにするか……。とにかく二人いっしょに行動してもらいたい」

ファレルはミセス・ポリファックスにウィンクし、彼女はほほえみ返して、カーステアーズの言葉を待った。

二人の顔をじっくりと見てから、カーステアーズは続けた。

「このあいだ、二人が中東へ飛んだときは、二人とも、私の仕事で行ったのではなかった。あれは純粋にファレルの個人的なことで、やっかいなことに巻き込まれた古い友達との約束を守るための行動だ。しかし、その結果、二人がＣＩＡに持ってきてくれたものは奇跡に近いものだった」

カーステアーズはここでいったん言葉を切ったが、あらたに厳しい顔に笑いを浮かべながら言った。

「私は二人がふたたび奇跡を起こしてくれるよう望んでいる。今度は正式の任務だ。われわれのために働いてほしい」

「場所は？」

ファレルが聞いた。

「またもや中東。今度はシリアだよ。今日は水曜日だ。ファレル、きみの都合はもうわかっているが、ミセス・ポリファックス、どうです、日曜日に出発できますか？」

「シリアへ？」

ミセス・ポリファックスは頭の中でスケジュールをチェックし、うなずいた。

「月曜日のガーデンクラブの行事に参加するのをキャンセルすればいいだけですわ。それと火曜日の空手のレッスンと。ええ、だいじょうぶ、日曜日に出発できます」

「いまでも茶帯ですか？」

とカーステアーズが笑いながら聞いた。

彼女はうなずいた。この話題になると、いつも彼はうれしくなる。しかし、いまは別の話を続けなければならない。

「そうですか。それはいい。さて、パスポートは持ってきましたか？　ビザをとらなければならないので」

「ええ。でもなぜシリアなのですか？」

と彼女はたずねた。

「ある若いアメリカ女性が行方不明になったからなのです。それも謎の失踪といえるような形で姿を消した。誘拐されたのではないかとわれわれはにらんでいる」

とカーステアーズは答えた。

「なんとも不思議な、ドラマティックな事件でしてね。国務省とダマスカスにあるアメリカ大使館は、数週間前に彼女が姿を消してからずっと調査をし、シリアに対して抗議したりもしているのですが、どうも反応がかんばしくないのですよ。彼らは何も行動を起こさないし、関心も示さない。情報もありません。つまり彼女のことは、生きているかどうかも含めて、今のところ何もわからないのですよ」

と言ってから、彼は何気なく言い足した。「シリアはテロリストグループに入国を許していることを認めていないし」

ミセス・ポリファックスは驚いた。

「テロリスト？　ミスター・カーステアーズ、あなたはその女性の失踪はテロリストグループと何らかの関係があると思っていらっしゃるの？」

カーステアーズはうなずいた。

「ええ、そう思わざるをえない理由が十分にあるのです。いまご自分の目で見てもらえばわかりますが」

「見るとは？」

ミセス・ポリファックスが聞き返した。カーステアーズはそれには答えず、話を続けた。

「もっとおかしいのは、身代金が要求されてこないことです。不気味な話です。国務省はわれわれにこの事件の調査をまわしてきた。つまり、彼女がどこにいるのか、いったい彼女の身の上になにが起こったのかを、われわれに調べてくれというのです」

ミセス・ポリファックスはうなずいた。

「わかりますわ。国務省と比べれば、CIAはどっちみち秘密のルートを持っていて悪名高いし、蛇《じゃ》の道は蛇《へび》、というわけね」

カーステアーズは彼女の言葉をかるく笑って受け流した。

「シリアは非常に安全な国です。ただし観光客にとっては、ですが。しかしその安全は、軍隊が非常に大きな力を持っていることによります。行ってみればわかりますが、国中どこに行っても軍人が銃を持って警戒している。それから、シリアにはさまざまな情報機関があります。なかでもムハーバラートという秘密警察はもっとも恐れられている……」

「われわれにはすでにおなじみの組織だ」

とファレルが事務的な声で口をはさんだ。

「ムハーバラートはわれわれからの問い合わせにろくすっぽ反応もしてこない。しかし、ここで、姪の行方不明の調査が遅いのに待ちくたびれて腹を立てた叔母が乗り込んできて、いろいろ聞いてまわったり、探し出してくれとわめきたてたりすれば、彼らもまったくちがう反応を見せるかもしれない。首都ダマスカス駐在のアメリカ大使館の者を空港まで迎えに行かせます。めんどうなことが起きたら、少しは役にたつかもしれませんから」

とカーステアーズは続けた。

「だが、だれかが大使館から来れば、人の目を引くことにもなる」

ファレルがまた割り込んだ。

カーステアーズ答えた。

「ああ、それはどっちみちそうなる。二人のアメリカ人が姪を探しにシリアに行けば、人目を引くに決まっている。十分に注意し、用心してください。これはハフェズ・アル・アサド大統領の国です。アサド氏は頭脳明晰、抜け目なく、知性的で、しかも容赦のない男だ。一九八二年にハマで起きた大虐殺を見ればわかる。当時、ハマは反対勢力ムスリム同胞団の温《おん》床《しょう》だった。二万人もの男女、子どもまで殺された。ひどい話だが……。あの事件以来アサド氏は、反対勢力を心配することなく、枕を高くして寝ていられるはずだ。絶対的権力を証明してみせたのだから。というわけで、あの国はいまは安定しています。安定していますが、停滞もしている」

カーステアーズはさらに説明を続けた。

「しかし一方では、あの国が安定しているのは、アサド氏がいるからです。だから、もし彼の身になにかあれば、中東はたちまち大混乱に陥ることになる。アメリカ合衆国は重々そのことを承知していますよ。シリアは少数民族の集まりです。トルコ、アルメニア、ユダヤ、クルド、ベドウィン、パレスチナ……、その多くはイスラム教徒です。アサド氏が大統領になるまで、二十回もクーデターがありました。アサド氏なしには……」

と彼は肩をすくめた。

「彼がいなくなったら、イスラム教の過激派に国が乗っ取られてしまうかもしれない。われわれはそれを警戒しているのです。またシリアは、近隣の国々から侵略されてしまう恐れもある。その危惧《きぐ》もまたわれわれの警戒心をますます強めるのです。行ってみるとわかりますが、国民は非常に友好的です。だが、これが警察国家であること、すべてはアサド大統領のコントロール下にあるのを忘れないように」

「われわれには尾行がつくのかな」

ファレルが聞いた。

「言うまでもない」

カーステアーズがうなずいた。

ミセス・ポリファックスはため息をついた。

「わたくし、尾行されるのがほんとうにきらい。なにもできなくなってしまうんですもの」

カーステアーズがほほえんだ。

「いや、あなたなら適当なときにきっとうまく相手をまくことができますよ」と言って彼はインターコムを押して言った。「そろそろ映写をたのむよ、ビショップ」

「映写？」

ファレルが眉を上げた。

カーステアーズはうなずいた。

「何が起きたか、すべてこのフィルムを見ればわかる。いや、もしかすると、二人ともすでにこれをCNNか地方局のニュースで見ているかもしれないな。とにかく六週間前の事件だよ」

「六週間前？　冗談じゃない、それじゃもう足跡はとっくに消えているじゃないか！」

ファレルが抗議の声を上げた。

「いや、必ずしもそうとはかぎらない。時間がたっているために、いまごろは誘拐した連中の気がゆるんでいることもあり得るからね」

ビショップが部屋に入ってきて、大きな地図がかけてある壁のほうに近づくとボタンを押した。上から白いスクリーンがするすると降りてきた。それから部屋の照明を暗くすると彼は椅子に腰を下ろした。

カーステアーズが説明をはじめた。

「さて、いまは十月だ。八月にハイジャックがあったのはおぼえていますか。エジプト行きのアメリカの航空機が銃を持った二人の男に乗っ取られて、シリアに行けと命じられた」

「ええ、おぼえていますとも。ああ、そういえば、あのとき若い女性がいましたね！」

ミセス・ポリファックスが相づちを打った。

カーステアーズはうなずいた。

「飛行機は言われたとおり、ダマスカスに着陸した。どっちみち燃料が足りなくなってきたので着陸しなければならなかった。それから丸一日、条件交渉で滑走路に停まったままだった。しかし最後のドラマはハイジャッカーたちにとっては、予想もつかなかったにちがいない」

と言って、カーステアーズはビショップに合図した。

「始めてくれ。まだ言っていなかったけれども、若い女性はアマンダ・ピムという名前だった」

「だった？」

ミセス・ポリファックスが聞きとがめた。

「現在形で言いたいところですが」

とカーステアーズは低く言った。

フィルムは空港ターミナルで二人の人物がインタビューされるところからはじまった。まわりを人がぐるりと取り囲んで聞いている。観光客にまじって制服の警官の姿も見える。背景にハフェズ・アル・アサド大統領の大きな肖像画が見える。カメラは二百三名の人命を救った地味で目立たない若い女性とアメリカ軍人をとらえている。

「ちょっと止めてくれ」

とその若い女性をもっとよく見るためにカーステアーズが言った。ビショップは画面を停止させた。

「まあ」とミセス・ポリファックスは小声でつぶやいた。

「まあ、何ですか？」とカーステアーズ。

「なんて、なんて……存在感のない人でしょう」

と言ったが、じつは言葉が見つからなかったのだ。ほんとうは何と言いたかったのかしら、と彼女は自問した。

「どこから来たのかしら、この女性は？　着ているものがちぐはぐで変ね。なんだか全部ガレージセールで見つけたものを似合うかどうかおかまいなしに着ているような。それもずいぶん大きなサイズのもののようだし」

「この女性を探し出してほしいのですよ、ミセス・P」

カーステアーズが言い添えた。

「ええ、わかりましたわ」

と言ってミセス・ポリファックスはスクリーンに映った若い丸顔をよく観察した。ばさばさの髪の毛は灰色がかった茶色で、口紅はつけていない。灰色の大きな目……。インタビューされるのを嫌がっているのだろうか。その目にはかげりがあった。

「内気なだけかもしれませんわね」

とミセス・ポリファックスは言った。

「目は魅力的だよ」とファレルが紳士らしくほめた。「だけど、たしかにおばちゃまの言うとおり、あの茶色のスーツはいただけないな。五〇年代のしろものじゃないの？　ぶかぶかだね。だれか他の人からゆずり受けたものかな」

カーステアーズはおしゃべりはこの辺で打ちきり、というようにぴしゃりと言った。

「さて、この女性のファッションの批評はこのくらいにして……」

「すまん」

とファレルがきまり悪そうに言った。

「フィルムを先にすすめますか」

アマンダ・ピムは質問に答えるところだったが、声が小さくてほとんど聞きとれなかった。隣に立っていた軍人が代わりにはきはきと受け答えをした。

「この女性は本物のヒロインですよ。機内ではみんなおびえきってました。自分自身、怖かったです。ハイジャッカーたちは脱出の安全が保障されなければ乗客を一人ずつ殺すと言ってましたから。しかし後方座席にいたミズ・ピムは勇敢にも立ち上がった。ダメだ！　座れ！　と言う声がしきりにささやかれました。それでも彼女はハイジャッカーの一人に近づき、その背中に声をかけて肩をたたき、銃をくださいと言ったのですよ！」

「いまの言葉をもう一度。何と言ったんですって？」

とインタビュアーが聞いた。

「銃がほしいと言って手を差し出したんです。もう一人のハイジャッカーはコックピット近くにいたんですが、あいつの顔と言ったらなかった！　初めは驚いて、いったい何が起こったのかと目をむいていましたが、状況がのみ込めると、突然銃を向けて発砲したんですよ！」

「ミズ・ピムにですか？」

若い軍人はうなずいた。

「ええ、ただし、彼女を殺したのではなく、そのときに振り向いた仲間を殺してしまったのです」

「そのときにあなたは残ったほうのハイジャッカーにタックルして床に組み伏せたんですね」とインタビュアーが聞いた。

軍人はうなずいた。

「お名前は？」

「ウィリアム・ホリデー軍曹です。自分がその男をとらえることができたのも、彼女が後方でもう一人の男をおさえるのに成功したからです」

と言って軍曹は、アマンダ・ピムを賞賛の目で見た。

「それでミズ・ピム、こんどはあなたの話を聞かせてください。ご自分の命の危険をかえりみず勇敢に行動して二百三名の乗客全員の命を救ったのですね。ハイジャッカーが全員を撃ち殺すと脅していたときに」

ミズ・ピムはだまってうなずいた。

ファレルは顔をしかめて言った。

「これほどヒロインらしくない女性というのも、めずらしいな」

インタビュアーは彼女から一言でも引きだそうと必死に話しかけたが、反応はなにもなかった。

「ほら、ごらんなさい。車が一台迎えに来ましたよ、ミズ・ピム。これからきっとホテルで……」

着陸する航空機の音で語尾が消されてしまった。

「ここからだ。よく見て」

カーステアーズが言った。カメラはエスコートされながら空港の出口へ向かい、さらに建物の外に出て行くアマンダ・ピムを追って映し続けた。カメラクルーとインタビューをかたわらで見ていた人々がこれに続いた。カメラは外に停まっている何台かの車を大きく映した。人々の群れは立ち止まった。一番近くの車から男が一人降りた。二番目の車の後部ドアはすでに開けられていて、男が一人ドアを押さえて立っていた。アマンダ・ピムは二番目の車に乗り込み、車は滑らかに走り出した。

「あれがアマンダ・ピムの最後の姿です。あれ以来、だれも彼女を見かけていない」

全員、考え込んだ。しばらくしてミセス・ポリファックスが言った。

「まちがった車に乗り込んだとか？」

「公衆の面前で誘拐したんだ。驚いたなあ」

ファレルが口笛を吹いた。

ミセス・ポリファックスは眉をひそめた。

「たしかにわたくし、何週間か前に、いまのニュース見ましたわ。全部ではありませんけどね。たしか、料理しながら見ていましたから。ですけど、あのときもわたくし、驚いたのです。ハイジャックされた航空機でだれ一人、けがもなく、命を失うこともなく、しかも彼女のおかげで事件が解決したのですから、地上に降りればその勇気が賞賛されるに決まっている。それなのに、命拾いした喜びも、ハイジャック事件解決のヒロインとなった興奮も、彼女には一かけらもありませんでしたもの。この人には、ぜんぜん人間的な感情が感じられないと思ったものですわ」

「そう、まったくないように見えますね」とカーステアーズが相づちを打った。「不可解なことです」

「だが、彼女の行為だけみれば、すごいことなんだ」ファレルが言った。「しかし待てよ。もし六週間前、これがビッグニュースだったというのなら、なぜ彼女が失踪したことがニュースにならなかったのかな？　それともぼくが気がつかなかっただけで、報道されたのかな？」

カーステアーズは淡々と答えた。

「もちろん、ミズ・ピムは車でどこかのホテルに案内されて豪華な食事でもてなされている、とだれもが思った。航空会社とかアメリカ大使館がそのまま彼女をほうっておくはずがないと。しかし、ダマスカスじゅう探しても、彼女はどのホテルにもいなかった。そこでアメリカ大使館は、ミズ・ピムは興奮状態のためしばらく病院で静養すると発表したのです」と言って、カーステアーズは肩をすぼめた。

「それに家族がだれも問い合わせてこなかった。両親はもちろん、親戚もだれも……」

「一人も？」

「そう、一人も。そんなわけで、ニュースは立ち消えになってしまったのですよ、都合がよいことに……」と彼は話を続けた。「いやじつは、翌日アメリカ国務省から要人がシリア入りすることになっていたのです。アサド大統領とイスラエルの和平交渉を再度とりもつために」

ファレルがなるほど、とうなずいて言った。

「和平交渉では、アサド大統領は、一九六七年にイスラエルが占領したゴラン高原が返還されないかぎり、交渉には応じられないとしている、たしか、そうだったな？」

「そうだ」とカーステアーズが答えた。「さて、ミズ・アマンダ・ピムのことに話を戻そう。いままではわからないことばかり話したが、ここでわれわれが知っていることを教えよう。ハイジャッカーの二人は〈信仰の救世主〉という組織の人間であることがわかった。いままで、シリアでは複数のテロリストグループの軍事訓練が行われてきた。それはもちろんアサド大統領の了解済みだ。シリアに入国させ、おそらく武器を与え、軍事訓練を許可している。しかし表向きはこれらのグループの存在を否定している。ミズ・ピムを誘拐した犯人はだれか、われわれはまったく見当もつかない」

ミセス・ポリファックスは当惑した。

「でも、それではファレルとわたくしが、こともあろうにそんなむずかしい国シリアで姿を消してしまった女性をどうやって見つけられるのかしら。彼女がどうなったのかだれも知らないというときに。しかもわたくしもファレルもアラビア語を話しませんでしょう？」

「協力者がないわけではない」カーステアーズが言った。

「協力者？」

ファレルが鋭い目を向けた。

「だれだ、その協力者というのは」

「いや、名前は言えない」

カーステアーズがぶっきらぼうに答えた。

なにかありそう、とミセス・ポリファックスは思った。彼女はさっきから考えていた質問をした。

「もしミズ・ピムを誘拐したのがハイジャックした人たちとおなじ組織の人たちなら、その、〈信仰の救世主〉といったかしら、彼女の誘拐には報復の要素があるかもしれませんわね。ミズ・ピムは彼らの計画のじゃまをしたわけですから。犯人の一人は殺され、もう一人はつかまったわけでしょう。もしかすると、彼女は誘拐されてすぐに殺されたという可能性もありますわね」

「それは十分にあり得ます」カーステアーズが言った。「正直言って、国務省も大使館もそう信じているのですよ。しかしわれわれには」と彼は滑らかに続けた。「ダマスカスのアメリカ大使館にはない情報筋があります。その情報筋からの知らせは、彼らには流していませんし」

「たとえばどんな情報？」ファレルが聞いた。

「ある噂がわれわれの耳に入った。アマンダ・ピムは生きているという」

「信用できる噂ですか？」

ミセス・ポリファックスが聞いた。

「市場で聞きつけた噂ですが、信用できるものです」

「なるほど、それでミセス・Pとぼくが呼び出されたわけだ」

「そういうわけだよ、ファレル。とにかく不思議なのは、もし生きているのなら、なぜ身代金が要求されないのかということ。もう一つは、もしこれが報復が目的の誘拐なら、なぜまだ彼女は生きているらしいという噂があるのだろう。われわれはだれが、どのようにして、何の目的で彼女を誘拐したのか、いったい彼女はどこにいるのか、それに、彼女は何者なのかを知りたい。そして彼女を安全にシリアから救い出すのだ。アマンダ・ピムの叔母さんを送り込むのは、その意味でわれわれが動くよりもずっと相手を刺激しない方法だと思う。何と言ったらいいかな、陰謀のない無邪気な行為のように見えるのではないか。さて、ミセス・P、それではパスポートをもらいましょう。ビザの申請に出しますから。シリアへは直行便がないので、日曜の朝早くロンドンへ発ってもらいます。そこからシリアン・アラブ・

エアラインが飛んでいる。ダマスカスのアメリカ大使館にはホテルをチャム・パラスに予約してくれとたのんでおきます。できればスイートがいい。二人ともお互いの存在がつねに確認できるように。救出に行った人間がまたさらわれてしまうことだけは避けたいからね。ほかになにかあったかね、ビショップ？」

「飛行機の切符、パスポート、シリアとアメリカの通貨紙幣……」

「ああそうだ、ガイドブックを渡しておこう。土曜日までに宅配便でそれぞれに届ける。ホテルの予約もそれまでにわかるでしょう。それと軍資金と」

カーステアーズはミセス・ポリファックスとファレルを真っ正面から見た。

「二人の経験と力を信じなければ、こんなことは……」言葉をのみ込んで、簡潔に言った。

「とにかく無理なリスクはおかさないでほしい」

ミセス・ポリファックスはほほえんだ。

「よくおっしゃいますこと！」

「ちょっと過保護っぽいね」

ファレルがにやっと笑って応じた。

「以上です」とカーステアーズは言った。「もし質問がなければ……」

「ありますわ」とミセス・ポリファックスが静かに言った。「まだ、もっとなにかあるのでしょう？　ミスター・カーステアーズ、さっき、アマンダ・ピムが生きているかどうか知りたいとおっしゃったとき、彼女が何者かも知りたいとおっしゃいませんでした？」

カーステアーズは彼女をじっと見た。

「私のミスです。口を滑らせてしまった」

「それで？」

しばらく考えてからカーステアーズはしぶしぶ答えた。

「われわれはこのなぞのミズ・アマンダ・ピムに非常に強い関心を持っている。フィルムで彼女を見たでしょう……。基本的な情報以外、それもほんのわずかなことですが、彼女についてわれわれはなにも情報を得ることができないのです。ペンシルバニア州の小さな農業の町、人口一万人足らずのローズヴィル出身で、父親は安売り店のオーナーでしたが、いまはもう死んでいる。母親は最近死んだらしい。だが、おかしいのは、あの町のだれもアマンダ・ピムのことをよく知らないのです。二十三歳になるのに、彼女はあの年までだれの目にもつかないように目立たないように生きてきたのだろうか。この、目立たない、地味だというのは、簡単に人に使われる、影響を受けやすい人間が持つ平均的特徴です。それでもしかすると、アマンダ・ピムは外見からはわからない別の面も持っていたのかもしれない、とわれわれは疑い始めたのですよ」

「ずいぶん回りくどい言い方だな。単刀直入に言ってくれ」

ファレルが苛立った。

カーステアーズはためらったが、話し出した。

「矛盾して聞こえるかもしれないが、なにしろわれわれは皮肉なものの見方をするし、懐疑主義者で、表面に見えることを容易にそのまま信じたりしないもので、こう考えているのだ。この仏頂面の若い女性はもしかするとわざとまちがった車に乗ったのかもしれない。見たとおり、彼女はためらいもなく乗り込んだからね。もっとはっきり言えば、これはすべて予定の行動だったのかもしれないということだよ」

ミセス・ポリファックスは目をみはった。

「そんなことはないでしょう？」

「そう思う根拠は？」

ファレルがカーステアーズに聞いた。

カーステアーズはため息をついた。

「ご存じのように、われわれは旅行安全協会でも遺失物係でもない。われわれはどんな人間もどんなことがらも、額面どおりにはとらない。あなたがた二人にもぜひそうしてもらいたい。彼女が何者であろうと、合衆国市民であることはまちがいない。彼女を連れ戻すのはわれわれの任務だ。彼女が生きていることがわかったら、国務省に知らせてほしい。もちろんあなたがたの手で救出することができれば一番いいが」

壁の時計に目をやり、カーステアーズは椅子から立ち上がった。

「もうだいぶ、上の階のおえらがたの会議におくれてしまった」

といいわけがましく言って、彼は固い笑いを浮かべて二人と握手した。

「あとはビショップが引き受ける。探し物が見つかるよう、成功を祈りますよ」

そういうが早いか、さっと部屋を出ていった。

「これはまた、ずいぶんあわただしく出ていったものだな」

ファレルがビショップに言った。

ビショップは肩をすぼめた。

「ああいうこともあります。カーステアーズは人が思うほどタフではないんですよ。心配するんです」ミセス・エミリー・ポリファックスが関係しているときは、とくに、とビショップは心の内で言った。カーステアーズが急に引き上げたのは、シリアの悪名高い監獄のことを思い出したからにちがいない。ダマスカスの町の迷路、パルミラの遺跡のあるタドモールなどを思い出したからにちがいない。さらにミセス・ポリファックスが最近中東から帰ったばかりで、それも腕を撃たれて銃弾を取り出すという生々しい経験をしたばかりだったということを思い出したにちがいないのだ。

「だいじょうぶ、そのうち落ちつきますから」

とビショップは言った。

「そろそろ失礼しないと」とミセス・ポリファックスは腕時計を見ながら言った。「車を用意してくださいますか。それと今朝の専用機も？」

彼女は立ち上がった。

「それじゃまた日曜日にね、ファレル」

ビショップとファレルにあいさつをすると、ミセス・ポリファックスは、シリアへはたんに偵察のための旅行であること、消息不明のアマンダという若い娘のことを聞いてまわるだけの仕事だ、とサイルスを説得することにして、家路についた。

第二章

ミセス・ポリファックスは留守中サイルスのために食事を作ってくれるよう、ミセス・ルパシックにたのんだ。ミセス・ルパシックとサイルスはすでに顔なじみだった。とくにサイルスが脚を折って一階のリビングルームのソファに、ミセス・ポリファックスはひどく感染力のあるインフルエンザにかかって二階のベッドルームに閉じこもっていたある時期以来、ミセス・ルパシックはすっかりリード＝ポリファックス家の助っ人として力を発揮していた。それに、ミセス・ポリファックスの記憶にまちがいなければ、ミセス・ルパシックはテレビのホームドラマなら何でもよく知っていて、筋書きも俳優のこともサイルスによく教えてくれた。

空手のレッスンとガーデンクラブの行事参加をキャンセルすると、ミセス・ポリファックスはスーツケース一つと機内持ち込みバッグ一つの荷造りをすませ、ミセス・ルパシックに手を振って、早朝ケネディ空港でファレルに落ち合うべく出発した。

「サイルスは承知したのかい？」

と出発手続きをしながら、ファレルは同情を込めて聞いた。

「一部分だけ、ね」とミセス・ポリファックスは言った。「彼はいま大学で週三回法律を教えてるのよ。役に立ててうれしいと本人は言って、とても楽しんでますわ。当然ですわよね、それはまさに元裁判官の彼の世界ですもの」

ファレルはうなずいた。

「それで、おばちゃま、こっちは、あなたが認めようと認めまいと、まさにあなたの世界というわけだ」

彼女は笑った。

「認めたくないですけれど、ね」と言った。「でも、ゼラニウムを育てて賞をいただいたりするよりは役に立つということは確かですわね。わたくし、この世界にハマってしまったのかしら、ファレル?」

「われわれはみんなハマった人間だよ、おばちゃま。そうでなかったら、なんでわざわざこんな明け方に、未知の世界に飛び込む用意をしてこんなところにいるんです? しかもうんざりするほど長い飛行時間を承知で、それもロンドンで次の飛行機に乗り換えるまで長い待ち時間があると知りながら?」

「そうそう、長い旅行になるのだったわね……」

と彼女はため息をつきながら言うと、飛行機に乗り込む前に雑誌を六冊買いこんだ。

ミセス・ポリファックスとファレルがダマスカス空港に着いたのは、夜中の十二時を過ぎた時間だった。ロンドン発の便は濃霧のために数時間遅れ、到着したときダマスカスの薄暗いターミナルに人影はほとんどなくて、ライフル銃を抱えたカーキ色の制服の軍人が、降りてくる乗客を関心なさそうに見おろしていた。霧と出発時間の遅れのためにキャンセルが出たのか、飛行機は空席が多かった。旅券チェックの窓口には一人しか係員がいなかった。そのためにさらに三十分も待たされた。そのあと荷物を確認してからやっと到着ホールに出た。そこもまた夜遅い時間であるためか、人がほとんどいなかった。昼間は人が大勢いたにちがいないホテルの予約受付カウンターなどもがらんとして、ただ明るい照明がチャム・パラス、メリディアン、シェラトン、セミラメス、ウマイヤドなどのホテル名を照らしていた。

彼らがインフォメーション・カウンターに向かうと、ツイードのスーツを着た赤毛の若い男が近づいてきた。

「ポリファックスとファレル？」

と声をかけた。

「なんだか、ボードヴィリアンのコンビみたいだな」とファレルが苦笑した。「ああ、そうだが？」

「アメリカ大使館から来たジャコビーです」

と言って、若者は握手の手を差し出した。

「シリアにようこそ。車で迎えに来ました」

「どうもご親切に」

とミセス・ポリファックスはあくびをこらえて言った。

ジャコビーは外交官の職業的笑顔を見せて言った。

「あなたは亡くなったミズ・ピムのご親戚ですから……」

おやまあ、彼女はもう死んだことにされているのね！　とミセス・ポリファックスは胸中穏やかならぬものを感じた。

「できることはなんでもいたしますよ。いまはこちらは月曜の早朝ですから、今日はゆっくりお休みください。明日火曜日の午前中大使館に来ていただければ、われわれがミズ・ピムの行方を調査した資料をすべてお見せして説明します。大使ももしスケジュールが合えば、同席するかもしれません。ミズ・ピムとは近しいご親戚ですか？」

面白いこと、というようにミセス・ポリファックスはファレルと視線を交わした。

「遠いのです」

と彼女は言った。

「叔母です」とファレルが訂正した。「遠いと言ったのは、地理的なことです。アマンダはずいぶん遠いところに住んでいましたからね。だれも、姪のアマンダの突然の失踪のことを知らせてくれなかったのですよ」

「いや、われわれはいろいろと調べましたよ。ほんとうです」と言って、彼は車のドアを開けた。「荷物はトランクに入れましょう」

そう言うと、ジャコビーは彼らのスーツケースをトランクに積み、後部座席に彼らを乗せて自分は運転席に座った。

「ずいぶん暗いこと！」

と、空港ターミナルビルをあとにして、ミセス・ポリファックスがささやいた。

「照明はないのかしら？」

前席のジャコビーが肩越しに言った。

「ここはアメリカじゃないんですよ。夜はダマスカス中心部以外は真っ暗になります。もっとも露店でも小金のある連中はクリスマスの飾り付けのような豆電球で屋台を照らしますが」

「豆電球でも無数のアサド大統領の写真を照らすことはできると見える」

と外を見ながらファレルが言った。

「ああ、それはもちろん。大統領の写真はこの国のあらゆるところに飾られていますよ。あなたがたは神秘的なミズ・ピム失踪の事件を閉じるために、わざわざシリアにまで来たのですよね」

事件を閉じる……。なんて変な言葉を使うのかしら、とミセス・ポリファックスは思った。まるでドアをばたんと閉めて「はい、これでおしまい」というように。外科的な響きがあるわ。

ファレルがもっともらしく調子を合わせた。

「できれば遺体を国に運び帰りたいので」

「ああ、それは無理でしょう」とジャコビーは運転席から言った。「見つかっていないのですよ、彼女の遺体は」

ここから先は三人とも黙り込んだ。ジャコビーがアマンダ・ピムを死んだものとして話す以上、何も話すことはなかったのである。長い時間、車は暗い道を走った。ミセス・ポリファックスは窓から外を見ていた。車はほとんど通っていない。前方には平らな町の全貌がぼんやり見える。暗いのと早朝からの旅で疲れが出て、まぶたがだんだん重くなった。一瞬眠りに入ったが、次の瞬間、車は明るいライトが光るホテルの車寄せにすべり込んだ。

「着きましたよ。チャム・パラスです」とジャコビーが言った。「いっしょに受付に行って、部屋の予約がまちがいなく取れているかどうか見ましょう」

「いや、その必要はない」

とファレルがきっぱりと言った。それからすまなそうにほほえんで言い足した。

「それは自分たちでできる。あなたも疲れているでしょう。どうぞ、帰って休んでください」

「ちょっと唐突だったけど、よかったわ、ああ言ってくださって」

とミセス・ポリファックスはスーツケースを足元に、ジャコビーの後ろ姿を見ながら言った。

「必要なことでした」

と言って、彼女は歓迎の光で輝くホテルの玄関に足を踏み入れた。大きなガラスの正面ドアの中は明るいロビーに続いていた。中央に陶器で作られた噴水がある。そのまわりには応接セットと大きな四角いプランターに植えられた緑の観葉植物があった。

「とてもきれい！」

とミセス・ポリファックスはうっとりとあたりをながめた。

「わたくしたちが到着したこと、もう人目を引いているかしら、ファレル？」

「ま、そう望もう。だれかしらないが、見ているのだろうから」

ファレルはうんざりという口調で言った。

「カーステアーズはたしか情報筋という言い方をしていたよね、われわれに連絡をつけてくる協力者のことを」

「ええ、でもそれがだれなのか、いつ、どんなふうに接触してくるのかは言いませんでしたわ」

「ああ。なんだかとても心細いような気がするね。この国には一人として知人はいないし、シリアは大きな国だからね」

「教えてあげましょうか。国土は十八万五千平方キロメートル、人口は千六百万人、十四の県に分かれているのよ。出発前に調べました」

とミセス・ポリファックスがいたずらっぽく言った。

「千六百万人の中から一人の人間を探すんだ。こりゃ、大変だな」

ファレルがうなった。

「協力者が現れなかったら、観光しておとなしく帰りましょうよ」

「そんな、気落ちするようなことを言わないでくれよ、のっけから」

とファレルは言った。

「チェックインして早く部屋に行って休みたいよ。ゆっくり休めば、なにかいいアイディアが浮かぶかもしれない」

受付でパスポートを差し出すと、ホテルマンは厳しい目でチェックした。少し離れたところのカウンターにいたトレンチコートの男が身を乗り出した。四〇一号室と四〇二号室の鍵をもらってエレベーターホールに向かいながら、ミセス・ポリファックスが振り返ってみると、トレンチコートの男が受付カウンターに移って、宿泊客名簿に目を通していた。エレベーターは四階で彼らを降ろした。二つの部屋は隣り合わせだったが、間に通じるドアはなかった。

「話があったら、壁をたたいて合図するよりほかありませんね」

とミセス・ポリファックスはため息をついた。

「電話という手もあるけど？」

とファレルが言った。

ミセス・ポリファックスは首を振った。

「それはやめときましょう。チェックインするとき、お決まりのトレンチコートを着た男が見てましたよ」

「またトレンチコートかい、ったく」

ファレルがうなった。

「ま、みんながみんな、トレンチコートではないわけですけれども」

とミセス・ポリファックスがにっこり笑った。

「壁のチェックが先決よ。わたくしは部屋の壁をこぶしでたたいてみます。あなたもそうなさって」

ベッドの上にスーツケースをおくなり、約束どおり壁をこぶしでたたいたミセス・ポリファックスは、隣の部屋から大きな返事の音が聞こえて、ほとんどヒステリックに笑い出しそうになった。

「けっこうです」

とくすくす笑いながら言うと、スーツケースからパジャマとコールドクリームとヘアブラシを取り出してバスルームへ行き、すばやくシャワーを浴びて、少しでも早く眠ろうと急いでベッドに戻った。朝、家を出発して以来、ほとんど二十四時間後の眠りである。しかし、ベッドへ行く前に、ドアの下に紙片が差し込まれているのが目に止まった。いままでそこにはなにもなかったはずである。

急いで彼女はその紙切れを拾い上げた。そこには大文字で言葉が並べられていた。

「もしお望みなら、スーク（市場）の中にあるシタデル（城塞）で月曜日十二時に。地図を添える」。

この言葉の下に手描きの地図があった。細い曲がりくねった道の真ん中に丸で囲んだ箇所に×があり、大きな矢印が×を指していた。それがシタデルのようだった。

ミセス・ポリファックスは壁をノックした。まだ眠りについていませんように、と願いながら。

返事のノックはなかった。かわりに彼女の部屋のドアにノックがあって、開けるとファレルが目の覚めるような明るいセラーペ（肩掛け）を肩にかけて立っていた。

「どうぞ。廊下にはだれもいない？」

「うん、だれも」

とファレルは片一方の眉を上げて不審そうな顔で入ってきた。ミセス・ポリファックスが紙片を差し出した。

「よかった」とつぶやいて、ファレルは少し大きな声で言った。「それじゃ九時半に朝食のテーブルで。そのあと観光に出かけよう。タクシーがいいかな。それとも九時半は早すぎる？」

「いいえ」と彼女も少し高めの声で返事をした。「チェックインしたとき、受付の人がディナーは六階、ブレックファストは一階と言っていたのをおぼえている？」

ファレルはうなずいた。

「それじゃ、一階で九時半に」

と言うと、にやりと笑って敬礼をして部屋を出ていった。カーステアーズの協力者は、さっそく探し当ててくれた。ミセス・ポリファックスは、ほっとして眠りに入った。

第三章

遠くから聞こえるイスラム教の祈禱時刻告知の声が町中に響いた明け方、ミセス・ポリファックスは一度、目を覚ました。数分間、彼女はベッドに横たわったまま「アッラー・アクバル、アッラー・アクバル、アッラー・アクバル……」という声を聴いていた。それからまた眠りに落ちた。ふたたび目が覚めたのは、夜が明けてから一時間後で、ぐっすりと眠って疲れはとれていたが、二つの世界の間にぶら下がっているような気がした。ここは知らない国、しかも今日の十二時に知らない人に会う予定があるとき、こんな中途半端な感じがあるのは危険だった。しゃきっとするために、彼女はヨーガのストレッチをして体を伸ばし、それからドアの下に差し込まれていた例の紙片をもういちど読み直した。それでやっと、今日一日はきっとおもしろい日になるような気がしてきた。

ファレルといっしょに朝食のテーブルにつく前に、彼女はロビーの受付に行き、受付係ににっこり笑いかけた。

「ちょっとお尋ねしたいのですが」

「なんなりと、どうぞ」

と受付係はにこやかに笑いを返して言った。

「朝食のあとで」

とミセス・ポリファックスはカウンターから少し離れたところに立っている男が耳をそばだてるのを意識しながら言った。

「スークに行きたいので、タクシーをおねがいしたいの」と言って、彼女はガイドブックを見せた。「これにはシタデルが旧市街の一番高い所の北西の位置にあると書いてあるのですけど、シタデルは一日の観光を始めるのに最適なところかしら」

受付係は控えめにガイドブックの小さな地図をのぞき込んだ。

「そうですね。そのすぐ近くには大寺院もありますから、シタデルは出発点として一番いいと思います。タクシーはアル・ハミディーヤ・シタデルまで入れます。ガイドも必要ですか？」

「いいえ、それは結構ですわ。でもタクシーをおねがいできます？」

受付の若い男はうなずいた。

「お食事が終わったころには、用意できているようにいたします」

ミセス・ポリファックスは礼を言って、ブレックファストルームへ行った。ビュッフェ形式で長いテーブルが用意されていた。ファレルはすでに来ていて、見るからにアメリカ人らしい若いカップルにつかまっていた。トレイに食事をのせてテーブルにつくと、カップルの女性のほうが熱心にミセス・ポリファックスに話しかけてきた。

「いま、いとこのかたにお話ししたのよ。カシューン山にお出かけになったらって。ダマスカスが一望できるんですって。カフェや遊園地や、それから……」と彼女は声を低めた。「途中でタクシーの運転手が言ったのよ、『秘密の三角地帯』の近くを通ったって。そこは完全に周囲から隔絶していて、アサド大統領が住んでいるんですって。シェラトン・ホテルよりももっと先の山の上よ」

「山の上にはモスクもありますよ」と彼女の同伴者が言った。「あそこまで行けば、この町のスモッグから解放されます。もう食事はすんだ、ベッキー？」

「ええ」と言うと、若い女性はファレルとミセス・ポリファックスににっこり笑って、コーヒーカップをおいた。「お話しできて楽しかったわ。スークには昨日行ったのよ。今日は……」と言って、顔をしかめて見せた。「美術館ですって」

二人が席を立ったあと、ファレルが眉をあげて聞いた。

「それで、おばちゃま？」

「タクシーをたのみました。シタデルは地図の一番上にあって、近くまでタクシーで行けますわ。タクシーをたのんだとき、黒いスーツを着た口ひげの背の低い男が耳をそばだてていました。思ったとおり」

ファレルはうなずいた。

「ぼくは早起きして、この近くを散歩してきた。ダマスカスはものすごく人通りの多い町だね。それにどこに行っても兵隊が大勢いる。この分じゃ、失業なんかないだろうよ。車の交通量もすごい。混み合っていて、歩いて道を渡れないから歩道橋があるほどだよ」と言って、コーヒーカップを口まで持っていき、飲む前に「尾行された」と小声で言った。

彼女は考え込んだ。

「想像力を使い、思いつきや機転を利かすことね。それしかないわ、ファレル。でもなんだか変ね。表面はとても静かで安全に見えるのに、裏があるということね……」

「そういうこと」

卵を食べ、砂糖を入れた強いコーヒーを飲み、ホブズというイーストの入っていないパンを半分残し、残りの半分はあとでおなかが空いたときのためにハンドバッグに入れた。

「それじゃ、出かけましょうか？」

彼はうなずいた。

「よし、出発だ。だが、さっきの若い人たちには悪いが、カシューン山には行かないぞ」

二人がロビーへ行くと、さっきの受付係はミセス・ポリファックスが一人ではないのを見て一瞬あわてたが、すぐに取りつくろって、にっこり笑った。

「タクシー、ですね？」

「ええ、おねがいしますわ」

受付係はベルボーイを呼んだ。ミセス・ポリファックスとファレルは外に案内され、観光バスの横を通って、明るい黄色に塗り替えられた古いアメリカ車スチュードベイカーが停まっているところまで行った。

「こちらです！」

中からドライバーが飛び出してきた。

「ハミディーヤのスーク、シタデル……！」

ドライバーは二人のために車のドアを大きく開けた。明るいセーターを着た、顔の大きな男だった。

「アムリーキー（アメリカ人）！」

と彼はミセス・ポリファックスに手を貸しながらほほえんだ。「サハラン！　シリアによ うこそ。私の名前はアブドゥル！」

「シュクラン（ありがとう）、アブドゥル」

とミセス・ポリファックスも明るくあいさつを返した。

運転席に座ると、車のがたがたする音に負けずに彼は大声で話し出した。

「いとこ、ええと……、ミナポリスにいる」

「ああ、ミネアポリスね。美しい町ですよ」

とミセス・ポリファックスが答えた。

ファレルがおかしそうな目でミセス・ポリファックスを見た。彼女は肩をすぼめた。きっと美しい町でしょうよ。行ったことはないけれども。交差点に近づいたとき、彼女はそっと肘でファレルをつついた。交通巡査が高い台に乗っている。その台は黒と白の縦じまに塗ってあり、ミニスカートのように見えた。車は角を猛烈なスピードで曲がった。

アブドゥルが「あれが国立博物館。見えるか？」と聞いた。

ええ、銃をもった兵隊も見えますよ、と彼女は心の内で言った。

「そして、あれが軍事博物館」

と言って、アブドゥルは車のスピードをゆるめた。

カーキ色の軍服姿の兵隊が二人、立っていた。「あれが中央郵便局」ライフルをもった兵隊がこっちを向いている。「そしてこれが殉死者の広場。いまは朝の一番いそがしい時間」

「あの人たちはなにをやっているんだろう？　段ボールからタバコのカートンを取り出している」

とファレルが窓の外の人々を指さした。

アブドゥルは肩をすぼめた。

「レバノンから、毎朝、来る。売るため」

「ヤミの持ち込みじゃないかな」

とファレルはつぶやいた。そしてアブドゥルには別の質問をした。

「殉死者の広場の由来はなんだろう？」

アブドゥルは、危ないことに、両手をハンドルから離して首をすくめた。

「ずっと昔の話。第一次世界大戦のときのこと」と言って、ふたたび両手をハンドルに戻した。「オスマントルコ帝国、ひどいことをした。愛国者たち、あそこで処刑された。ああ、旧市街の入り口についたよ。スークの入り口まで行こう。店の間をまっすぐ歩いていけば、シタデルに出る」

彼は車を止めると、小走りで車をぐるりとまわって反対側に行きドアを開けた。彼らはたっぷりとチップをはずんで、握手し、運転手はまたおんぼろスチュードベイカーをがたがたいわせて走り去った。車の後ろ姿を見ながらファレルが言った。

「あの車、針金と祈りの言葉でなんとか走っているんだよ。だが、国民は親切だと言ったカーステアーズの言葉は正しかったね」

「でも、全部が全部ではありませんわね」とミセス・ポリファックスはすばやく言った。「いま見ちゃダメよ。アブドゥルの車の後ろから来た車から降りた、黒いサングラスにダークスーツの男が後ろから歩いてきますよ」

「あーあ、疲れるなあ、まったく」ファレルは言った。「もしお目当てがぼくらだとすれば、あと二時間以内にその男をまかなければならない。だが、こんなに混んでいるんじゃ、その男から逃げようとしてぼくらのほうが道に迷いかねないよ」

「歩きながらパンくずをまきましょうか。ヘンゼルとグレーテルのように」

とミセス・ポリファックスがいたずらっぽく言った。

「たしか、そのパンくずは鳥が食べてしまうんだったよね。それで子どもたちは戻ることができなくなってしまうんだ。ところで、おばちゃまの方向感覚は？」

「まあ、ふつうでしょうね」

「ぼくのは特別にとぎすまされているからだいじょうぶ。さ、行こう」

「純粋な観光客としては、なにか買いたいものですね。ねえ、ファレル、カーステアーズがくださったお金、ものすごく多いとは思いませんでした？」

ファレルはさらりと受け流した。

「そう。でも、あの金は買い物用ではないと思うよ。はっきり言ってバクシーシ（賄賂）とか、いざというときのための金じゃないか」

彼女は問い返さなかった。そうしたくもなかった。まもなく彼らは外壁が傾き崩れている家々を通り過ぎてダマスカス旧市街に入った。外の明かりはそこで終わり、旧市街の狭い通りには屋根がかかっていて薄暗く、目が慣れるのに数分かかった。そこには人々が押し合い、鮮やかな色合いの布が両側の屋台の店にひしめき、敷石を踏む足音や、人声が飛び交っている。女性の歌声がギターの音色にのって聞こえてきた。

「これで、つけられてさえいなければ、もっと楽しいだろうね」

とファレルがささやいた。

ミセス・ポリファックスは後ろを見てため息をついた。

「たしかにつけられているわね。じょうずに隠れているけれど」

男のことは無視して、二人はアイスクリームスタンドや観光客用のみやげ品、キャンディ、刺繍布などを売っている屋台を見ながら歩いた。上から下まで黒衣の女性やジーンズにTシャツ姿の女学生、ぼろぼろになったジェラバという男性用上衣をはおって歩いている長いあごひげの老人など、ミセス・ポリファックスはあたりを歩いている人々を楽しく観察しながら歩いた。その間にも、屋台からは男たちがさまざまな売り物の名を叫びながら甲高い声で呼びかけてきた。

　ミセス・ポリファックスはとつぜん立ち止まった。

「わたくし、写真を撮らなくちゃ」

「えっ？　カメラをもってきたの？　こりゃ、驚いたね」

　ミセス・ポリファックスはにっこり笑った。

「ええ。サイルスに約束しましたもの」

　と言って彼女は、ナツメヤシの実、茄子、イチジク、キュウリなどの野菜や果物が山積みされている屋台の写真を撮った。屋台の主は大きく笑って「ベリッド・アラ・カルバクー！」と声をかけ、彼女はその男の写真も写した。そのままいくつか屋台を通り過ぎてから、ミセス・ポリファックスはファレルに合図して足を止めた。

「あそこで布地を売ってます。なにかできあいの民族衣装《ローブ》があれば、ほしいわ」

　屋台のすばしっこい商人はにっこり笑ってすぐに答えた。

「ご婦人のために、すばらしい刺繍のあるガラビーヤスはどうだね？　ほら、いいのがたくさんあるよ！」

「いいえ、もっと地味なのがいいわ」

　彼女は厚手の黒の生地に刺繍のあるローブを見つけ、ちょっと肩に当ててみて、値引きの交渉もせずに買った。

「人混みの中に紛れなければならないときのためよ」と低い声で言い、ファレルを上から下まで吟味するように見てから言い足した。「残念ですこと、前のように口ひげがなくて。あれがあれば、日焼けもしているし、うまくこの国の人のような顔をしていられたでしょうに」

それから屋台の商人のほうに振り返って、言った。

「あの白いスカーフもくださいな」

「スカーフ？ああ、イシャルブのことだね？」

と男は言い、ふんわりときれいに垂れるような結び方を教えてくれた。二つの買い物を茶色の包装紙にひもを掛けてつつんでもらうと、彼らはまたそぞろ歩きを始めた。今度はファレルが足を止めた。

「切れそうなナイフだ」と言って、刃先に指を当てて「いくら？アッデーシュ？」と屋台の男に聞いた。

「万一に備えて？」

とミセス・ポリファックスが小声で言った。

「手ぶらよりは少し安心、という程度だが」

と言って、彼は買ったナイフをポケットにしまった。

屋台で立て込んだ路地がしだいに明るくなってきた。出口が見えて、その先に広々とした広場が見える。その中心に建築用の足場が壁に掛けられた、砂色の美しく刻まれた石でできた建物があった。

「シタデルだ」

とファレルがつぶやいた。建物の前に立て看板があって、アラビア語、フランス語、英語で、当分の間補修工事中という説明があった。

「さて、ここが目的地、というわけだが」

ミセス・ポリファックスがうなずいた。

「ええ、でもまだ十一時にもなっていないわ。一時間もここに立っていたらあやしまれます」

「ぼくがガイドブックを見ている間、写真を撮っててくれないかな、おばちゃま」とファレルは言って、ガイドブックを取り出した。「『まっすぐな道』と呼ばれる通りがある。確かに名前どおり、まっすぐだな、それから……。どうしたの？」

「カメラが、動かないの。カメラのこと、おわかりになる？」

ファレルは彼女にガイドブックを渡した。

「ここから『まっすぐな道』までの道順を調べて。ぼくはカメラを見てみるから」

ミセス・ポリファックスは小さな地図に指を当てて道をたどってみた。

「わかりましたよ。『偉大な寺院』まで歩いて、そこを通っている道を、どの道でもいいから下に行きます。『まっすぐな道』は東門まで通っている、とありますから。もしこれがほんとうにまっすぐなら、迷いはしないと思うわ」

「このカメラ、古そうだね。いつごろ買ったもの?」

ファレルが顔をしかめて聞いた。

ミセス・ポリファックスも顔をしかめて返事をした。

「古いの、ものすごく」

彼は首を振りながらカメラをミセス・ポリファックスに渡した。

「部品が磨耗《まもう》しきっているんじゃないかな。ぼくにはなおせない。サイルスに聞くよりほかないと思うよ。それじゃ、少し歩こうか? あいつ、まだつけてくる? シタデルに戻ってくるときに、細い横道に入り込んでまいてしまわなくては」

「ええ、そうしましょう」

と彼女は相づちを打ち、残念そうな顔をしてカメラをバッグの中にしまった。

『まっすぐな道』に出てからは、純粋な観光客だったらよかったのに、とミセス・ポリファックスは心から思った。すばらしい絹やトルコ剣の骨董品、ペルシャじゅうたん、真珠貝をちりばめたテーブルなどがつぎつぎにミセス・ポリファックスの目を楽しませた。

「ダマスカスのパーク・アヴェニューといったところね」

と彼女はつぶやき、そぞろ歩きを続けた。しかし、十一時二十分、彼らは『まっすぐな道』を離れて路地に入った。中は曲がり角の多い路地が広がっていて、尾行者を振り切るには打ってつけだった。彼らは足早に人通りの多い横道に入り、左へ右へ曲がって、一軒のじゅうたん売りの店に入った。入り口に美しい大きなペルシャじゅうたんが掛けてあった。二人はそのじゅうたんの陰に身をひそめて、追跡者が気がつかずに目の前を通り過ぎるまで待った。彼の姿が消えるのを見計らって、彼らはまた路地に飛び出て、もときた道に戻った。それからシタデルが見えるところまで来てから、ぶらぶらして十二時五分前まで待った。それからシタデルのある広場に出て、ファレルがこれみよがしにガイドブックを開いて、いかにも観光客である印象をあたりに与えながら待った。

「尾行者の姿は見えないわ」と彼女が小声で言った。「うまくいったようね。ちょうどいいことに、観光客の姿もまばらになってきたわ」

すぐそばに観光グループがやってきて、ガイドを囲んで話を聞いている。黒い衣服とスカーフをかぶった女性たちがそばを通った。時計を見ようとしてミセス・ポリファックスは見ていた地図を落としてしまった。十歳前後の真っ赤なセーターを着た男の子が通りかかった。地図に目を止めると、ミセス・ポリファックスが止めるひまもなくかがみ込んで、地面から地図を拾い上げ、軽く持ち替えてからミセス・ポリファックスに渡した。

「ホズ、マダム」

と少年は、恥ずかしそうな笑いを浮かべて軽く頭を下げた。

だが、少年が手渡したのは地図だけではなかった。小さな紙片があった。そこには『この子の後ろからゆっくり歩け』と書いてあった。

ミセス・ポリファックスはポケットに手を入れてお駄賃を探した。アメリカの五十セントコインが見つかった。「シュクラン、ありがとう」と、コインを渡しながら礼を言った。それからファレルに地図と紙切れをいっしょに渡した。

「さ、行きましょう。ゆっくりと」

「驚いたな」

ファレルがつぶやいた。

彼らは少年が歩いていく細い道をゆっくりと歩いていった。少年の明るい赤い色のセーターを見失わないように少し間隔をおいてついていった。左に曲がったのを見て、二人は足を速めた。水ギセルを売る屋台や子ども服の店を通り過ぎた。少年は今度は右に曲がった。彼らはこの迷路で少年を見失わないようにまた足を速めて追いかけた。心配の必要はなかった。少年はさまざまなじゅうたんを掛けている店の前で足を止めていた。それもつかの間、彼は後ろも見ないでじゅうたん屋のそばの石畳の細い道に入った。後ろからついていった二人は、少年が立派なマホガニーの扉を開けて中に入るのを見た。扉はかすかに開いている。

「行きましょう」

とミセス・ポリファックスはささやいて大きく息を吸い込んだ。

扉を開けて中に入ると、そこはじゅうたんの置き場になっていた。片隅に書類を満載した机がある。そのまわりにはくるくる巻きのキリムやペルシャじゅうたんがまるで哨兵《しょうへい》のように立っていた。少し離れたところの壁に特別にすばらしいじゅうたんが掛けてあるのがミセス・ポリファックスの目を引いた。それをもっと近くで見ようと足を向けたとき、手が伸びて、じゅうたんがすっと横に引かれて、男が一人現れた。彼はゆったりとした縞の上衣を着てチェックのカフィエ（男性が頭にかぶる布）を頭にかぶり、その上からひもで結んでいた。サングラスをかけていて、とがったあごひげがあった。薄暗い部屋の中で、顔の表情はまったくわからなかった。彼が微笑して頭を下げたとき、白い歯が光るのが見えた。

「アッサラーム・アライクム！」

ふたたび真っ白い歯が光った。てきぱきした英語で男は言った。

「ようこそ」

「ありがとうございます。でも、なにか、新しい知らせは、ありますか？」

「うむ、聞いている、あることを」

さっきの少年が現れた。お茶の入っている小さなグラスをトレイにのせてもってきた。

「どうぞ」

と男は机のそばの椅子を二人にすすめた。

「よかったら、私をオマールと呼んでくれ」

お茶のグラスを手に、二人は椅子に腰を下ろした。彼らの顔を交互にながめながら、オマールは言った。

「知ってるかな、監視されていることを。空港についたその瞬間から見張りがついている」

「そんなに早くから？」ファレルが顔をしかめた。「ということは、われわれが来るということが知られていたんだ」

オマールは重い口を開いた。

「ここのアメリカ大使館から漏れている。コック、通訳、清掃、工事などに出入りするのはぜんぶシリア人だ」と言って、肩をすぼめた。「だが、さっきの子ども、アブドゥルはよく訓練されているから、尾行していた男をまいたと思う。彼らはいまごろはもう、あんたがたがシリアに来たのは、失踪した若い女を探すためだと知っているだろうが……」

ミセス・ポリファックスが男の話をさえぎった。

「ごめんなさい。でも、さっき、新しい知らせがあると言ってらしたけど？　彼女は生きているのですか？」

「噂がある」

「どのような？」

今度はファレルが聞いた。

オマールはお茶のグラスを口にもっていった。それからナプキンで口をぬぐうとグラスをトレイに戻した。

「若い女性の噂だ。アメリカ人らしい。アメリカ人がいるはずがないところで目撃されている。迷い羊を探していたベドウィンの男が、聞いたことと見たことを友達に話し、その友達はこのようなことに関心をもっている人間に話した……」

たとえばあなたね、とミセス・ポリファックスは思ったが、口には出さなかった。

「少し前の話だ。この種の話は伝わるのに時間がかかる。それに距離もある……」

「われわれは噂の信憑性《しんぴょうせい》を調べに来たのだ」とファレルが言った。そしてミセス・ポリフアックスを紹介する言葉を続けた。「こちらはその若い、失踪した女性の叔母で」

「なるほど？」

と男はおもしろそうに言った。

「大使館はこの種の噂はまったく耳にしていないようだね」

「ああ、もちろん彼らはこんなことはまったく知らない」

と男は答えた。

「でも、さっきのお話を続けてください。羊を探していたベドウィンの男が、なぜその女性をアメリカ人だと思ったのか、その男の人をどうやって見つけてくださるのか、知りたいですわ」

ミセス・ポリファックスが言った。

「いや、その男を見つけるのはあんたがただ」とオマールは言った。「どうぞ、茶を飲んでくれ。ジャスミンのいい香りがする。ベドウィンの男のことは、私は聞いたことしか知らない。ある男から聞いたことだ」と彼は強調した。「場所は砂漠で、トイレや水洗便所の設備などまったくないところだ。夜だったが月明かりがあった。羊を探していたその男は、人声を聞いた。興味をそそられて近くの小高い丘の上に登って様子をうかがうと、何と言ったらいいかな、二人の人間が自然の欲求に応えていたと言おうか。すると女性が『ディル・バラク、ウスク・アムリーキー！』と叫んだ。直訳すると『よく聞け、汚いアメリカ人め』という意味だ。

もう一人の女性の声は若く、つまりその汚いアメリカ人と呼ばれたほうの女性だが、するどく声をあげて応えたが、ベドウィンの男には言葉の意味がわからなかった。それに対して先の女は『ハンズィール、ウスク・アムリーキー!』と言ったという」

「その意味は?」とファレルが聞いた。

「『おまえはブタだ、汚いアメリカ人め』という意味だ。汚いアメリカ人と呼ばれたほうの女は叫び声をあげてもう一人に飛びかかり、髪の毛をひっぱり地面を転げてつかみ合いのけんかになった。ベドウィンの男はその場を立ち去った。女たちの取っ組み合いのけんかに驚いたこともあったが、アメリカ人が砂漠にいるのがおかしいと思ったという。これが私の聞いたすべてだ」

「でも、いったいそれはどこなんです、女の人たちがいた砂漠とは? そのベドウィンの男の人に聞けばわかるのですか?」

オマールは肩をすぼめた。

「羊が迷って姿を消せば、ベドウィンはどこまでも探しに行く。私は……どう言ったらいいか……この件であんたがたに協力するようにたのまれたが、実際にこの女の居所を探すとなると……」

「ぼくらはそのためにここに来ているんですよ」

ファレルがぴしゃりと言った。

「だが私は……。ちょっと考えさせてくれ」

彼らは数分、イライラしながら待った。

「明日、観光客になってパルミラの観光に出かけるのだ。パルミラはダマスカスから北東へバスで数時間のところにある有名な遺跡だ。私が連絡をしている間……」

と言って、彼はいったん黙った。

「いや、ちょっと待ってくれ」ふたたび沈黙したのち、彼はこう言った。「あんた方が遺跡を見て歩いているうちに、男が一人、接触してくるはずだ。その男はベドウィンが水を求めて立ち寄ったキャンプのありかと、女たちの声を聞いたのはどの辺か、教えてくれるだろう。またあんたがたの進む方向も示してくれる。なにより、夜中に女たちの声を聞いたベドウィンの男の名前を教えてくれるはずだ。それは私も知らない。また知りたくもない」

と彼はにべもなく言った。

「パルミラですね？」

とミセス・ポリファックスが聞いた。

「もともとの名前はタドモールだ。町の名前はタドモール。遺跡の名前がパルミラなのだ。そこまで行くのに午前中いっぱい、三時間はかかるだろう。そこに着いたら、午後の一時から二時の間に男が接触してくる、ということにしよう」

「単に観光客のアメリカ人と話したいだけの人とは、どうやって区別できますかしら？」

「なるほど、そういう者もいるだろう」と言って、彼は考えた。「それでは、会話の中に羊という言葉を織り込む、というのはどうだね？」そう言うと彼は立ち上がった。「どんな会話にするか、それはお手の物でしょうな？　さて、私はこの辺で……」

「わかった。それでは」

とファレルもカップをおいて立ち上がった。

魔法のようにアブドゥルが現れた。黒いTシャツに着替えている。ミセス・ポリファックスはオマールにあいさつした。

「ご親切、ありがとうございます」

オマールはそれを無視した。

「この子のそばに近づかないこと。この子の姿が見えなくなったときには、あんたがたはシタデルのすぐそばにいるはずだ。そこからスークの出口までぶらぶらと歩けばいい」

重い扉が開けられた。先に出てくれと子どもが合図した。彼らがそのせまい通路に出てゆっくり歩き始めると、後ろから子どもが来て、通り過ぎた。退屈そうに、ポケットに手を入れて歩いていく。ぐるぐると引き回していることは明らかだった。

「ぼくらがあとであの家を突き止められないように、ということだね」

「ま、それはおあいにくさま」とミセス・ポリファックスが言った。「ヘンゼルとグレーテルのように、わたくし、角を曲がる前に床屋、羊の皮の店、銅鍋を売っていた店、それに大統領の大きな写真を二枚、一つは笑顔、もう一つは厳しい表情のものを、見ましたよ」

数分後、少年は完全に彼らの視界から姿を消した。

第四章

彼らはその日の午後はパルミラへ行く方法を考えるのに費やした。一日中、ガイドといっしょにいるのは好ましくなかったし、バスは一日前に予約しなければならないからもう遅い。ハイヤーはたのめそうになかった。結論として、ホテルを通してトランスツアー観光会社に依頼して、片道のプライベートツアーをアレンジしてもらい、タドモールでホテルに一泊し、またおなじツアー会社の車でダマスカスに戻ることにした。

翌日が大使館との約束の火曜日だったので、大使館からのメッセージがフロントに届いていた。火曜日の十一時に関連事項を大使館で話し合おう、大使も同席するというものだった。

「あのかたたちに、なにか話すことがあるのかしら」とミセス・ポリファックスはメモをちぎって捨てながら言った。「わたくし、今日はこわれたカメラとガイドブックをもって早めにベッドに引き上げますわ。あなたはよろしかったら、もうすこしぶらぶらなさったら、ファレル？」

と彼女は親切心から言った。

「ぶらぶら？」とファレルはおもしろそうに言った。「おばちゃま、ぼくも四十の坂を越えた。十四時間の飛行時間のあと、眠りはぼくにとっても大いなる魅力だよ」

翌日のドライバーは、ハリードという愛想のいい若者だった。英語はもちろん「フランス語も話せますよ」と目を輝かせて言った。団体観光客のガイドとしての訓練を受けていたが、「観光客が少ないんです」と悲しそうに言った。

「シリアの評判が良くないんでしょう? ほんとうに悲しいことです。この夏はまだアメリカ人観光客が三団体あっただけです」

ひととおり残念そうに苦情を言ったあとは、運転席から肩越しにパルミラまでの道中、観光案内をしてくれた。ファレルはつけられているかどうかを見るためにときどき振り返った。

「ビラードッシャーム」というのがアラビア語でシリアを指す言葉だとハリードは言った。ダマスカスはかつて有名な美しいオアシスだった。「緑が多かったのです」と彼は情熱的に言った。「砂漠の中で、豊かに緑の生い茂った美しい町だった。ああ、もし写真を撮りたいのなら、どこでも止まりますから、言ってください」

「残念ながら」とミセス・ポリファックスは悔しそうに言った。「わたくしのカメラは、ダマスカスでこわれてしまったのよ。今回は写真なし、ということになります」

「こわれた? カメラが?」

とハリードは驚いた。カメラのない観光客なんて、考えられないというような表情だ。

「タドモールにコニック・ショップがあります」と彼は笑顔を後部座席の二人に見せた。

「よろしければ、そこに寄りましょう。もしかすると新しいカメラがあるかもしれない」

「灰色の車がついてくる」とファレルが後ろをチラリと見てささやいた。「おばちゃましだいだ」

「そうですわねえ……。サイルスはわたくしよりもっとこの国のことを知っていますから、写真があればよろこぶでしょう」

それからハリードに言った。

「ええ、おねがいします。寄ってくださいな」

「わかりました」と言って、彼はまた窓の外の景色の説明に戻った。町の郊外の工場地帯だった。

「ビジネス！　ものを輸出するのはまったく問題ないのですが、輸入するのは――ヤ・ラブ！――すごくややこしいんです」

「走っている車は古い車が多いな……。だが、この国には石油がある」

とファレルが言った。

ハリードはくすくすと笑った。

「一九八一年より前はシリアの石油は重質だったんです。だけど、八〇年代に地中で地震が何度か起きて、質が変わったんですよ」彼は愉快そうに笑った。「イラクから流れてきたんじゃないか、と言っているんですが、急に質のいい軽質になったのです！」

車は砂漠に近づいていた。平坦な茶色い砂が続いている。所々に緑の草地がある。しだいに小石や大きな石に変わってきた。右手遠くに青い山脈が見える以外は、荒涼とした砂漠である。空は青く晴れ上がっていた。

「タドモールはもうすぐです」

　とハリードは言った。

「パルミラ、それともタドモール？」

　とミセス・ポリファックスが困惑して言った。

「町そのものは、昔からタドモールなんです。かつてはナツメヤシの実の産地として有名だった。パルミラというのは古代ローマ人がここをパルム（ナツメヤシ）の町と呼んでパルミラと名付けたのです。いまではナツメヤシの木は一本もありませんけどね」と彼はおかしそうに言った。「どのホテルに泊まるのですか？」

「ゼノビアだと思うけど」

　とファレルが答えた。

　彼はいきおいよくうなずいた。

「いいホテルです。町の中にあるし、いや、遺跡の中にあるんです。安心して歩けますよ。町ではいまでもナツメヤシの実がみやげ品として売られています。夕方散歩すれば、ベドウィンの織物を見かけるかもしれない。ベドウィンが砂漠からタドモールに売りに来るんですよ。でもその前に、カメラを見つけましょう」

　タドモールに着くと、ハリードはカラフルな看板が出ている砂利道に入った。青空市があって、さまざまな種類のナツメヤシの実がぶら下がっていた。ミセス・ポリファックスはカメラをもっていないことが重ね重ね悔しかった。ナツメヤシの木や町並み、アラブの匂いを写したかった。

ハリードはコニックの看板の前で車を止めた。

「いっしょに行きますよ。店の者は私のように英語が話せないかもしれませんからね」

彼らは店の中に入った。ほこりっぽくて壁際に石油缶が並んでいる。旧式のライフルが天井からつるされていた。古い胴鍋や真鍮《しんちゅう》の鍋、コカコーラのケース、ガラスビンや箱などが棚に並んでいた。奥から男が一人出てきた。客を見てその深くしわのきざまれた顔が明るくなった。

「カメラ？　イエス！」

と声をあげると、男は部屋の隅の木箱へ行き、ふたを開けて中に手を入れて、がさがさと探し始めた。そして下のほうから大きくてほこりまみれの、打ち捨てられていたような黒い箱を取り始めた。そしてもう一つ。

「カメラ。ルスキース」

と男は誇らしげに言った。

「ルスキース？」ファレルが驚いて声をあげた。「これはロシア製だと言うのか？」

男はうなずき、小さいほうのを五十ドル、大きいほうを七十五ドルで売ると交渉を始めた。

「これを肩に掛けて歩くことはできません」とミセス・ポリファックスがおもしろそうにカ

メラを見ながらファレルに言った。「それにこれに合うフィルムがあるかしら？　少なくとも五十年は前のものじゃない？」

「買うか？」

店の男が聞いた。

「ありがとう。でもけっこうですわ」

ハリードは当惑した。

「それじゃ、他の店に行きましょうか？」

ファレルが中に入った。

「まっすぐホテルに行ったほうがいいと思うよ」

彼はひそかに追跡者たちがこの一時停止をなんと思うだろうか、と愉快になった。店を出たとき、少し離れた路上にいまではおなじみとなった灰色の車が停まっていた。

たった一泊の旅なのに、ファレルはバックパックいっぱいの荷物を持ってきた。一方、ミセス・ポリファックスは口の開いた編みあげバッグに必要最低限のものを入れ、さらにスークで買い求めたジェラバ——女性用はガラビーヤスというのだと屋台の主は教えてくれた——を夜の冷え込みのために用意しただけだった。

ホテルの受付はドイツ人観光客で混んでいた。すでに彼らは予約済みだったので、ドイツ人観光客が終わるまで、パルミラの町が一望できるテラスを見つけて、荷物を手にテラスの椅子へ移った。ミセス・ポリファックスはすでにロビーでパルミラの観光案内書を手に入れていた。

「『パルミラ――歴史、遺跡、美術館』。サイルスが見たら大喜びするにちがいないわ」

と彼女はファレルに言った。テラスの椅子を確保すると、ファレルは姿を消し、まもなく軽食を二皿とビールとコーラをもって戻ってきた。そしてかつてはナツメヤシの木の豊かに茂った町パルミラ、いまでは上端の壊れた石柱やアーチ、壁や神殿の残骸だけとなってしまったパルミラをながめながらランチを食べた。

「サイルスがパルミラについて話していたわ」と彼女は思い出して言った。「パルミラはゼノビア女王がおさめ、愛し、繁栄させたところだったのですって。ところが……。ゼノビアって、とても音楽的な響きのする名前じゃありません？」

「ところがって？」

とファレルは、パンの端で残った茄子をつかまえようとしながら聞いた。

「よくおぼえていないけど、最後にはローマ人につかまって、ゼノビアは金の鎖につながれてローマの町をひっぱり回されたらしいわ」

「そしていまでは、ホテルの名前になっているというわけだ」と彼はうなずいた。「まさに不死の女王、だね」

「皮肉なものね」と彼女は相づちを打った。それからガイドブックを見て、ホテルの位置を確認した。ホテルはパルミラの遺跡の壁のすぐ内側にあった。タドモール通りのそばである。

「記念アーチのところまで行くには、ホテルを出たらすぐに右に曲がってバールシャミン神殿を通り過ぎてまっすぐに歩けばいいのね」

それから地図から目を上げてファレルに言った。

「もう行かなくては。お昼の祈禱の知らせは十五分ほど前に終わっていますから、急がなければ間に合わないわ」

「わかってるよ」と言って、ファレルはため息をついた。「外はものすごく暑そうだ。ここは涼しい。名残りおしいが、もう行くことにするか。茄子料理も十分食べたし」

「尾行している人はまだその辺にいるかしら」

ファレルがうなずいた。

「黒いサングラスをかけた男が一人、さっきまでロビーにいたよ。場所にそぐわない気の毒な格好をして。よし、行こうか。ホテルの受付はあと回しにしよう」

彼らはバールシャミン神殿を通り過ぎた。一部はまだ驚くほどきれいに残っている。記念アーチのところまでくると、ミセス・ポリファックスはガイドブックを取り出した。

「ここは紀元三世紀に建てられたのよ」

「遺跡と言っても、あまり残っていないね」

ミセス・ポリファックスはアーチを見上げながら、荒削りの石のかたまりに触った。

「それでもすごいことね。まだ残っているなんて。この後ろには石柱が数本残っているだけよ。屋根もないわ。落下した石が転がっているけどアーチは残ったのね」

通りがかった男がその言葉を聞いて立ち止まった。黒と白の縞のジェラバを着た整った顔の男だった。細面で、学者か苦行僧のような顔をしていた。いい顔をしている、とミセス・ポリファックスは思った。

「時間がたっただけでなく、この間には大地震もあったのです」

と男は親切そうに話しかけてきた。彼もまたミセス・ポリファックスとおなじガイドブックをもっていた。それを見せるために彼は近づいてきた。

「アメリカ人にはめったに会わない。私のも英語版です」

体を近づけると、男は低い声で言った。

「開いているページを見てください」

二人は驚いて、開かれたページの城塞の写真に見入った。大きな石柱がある。その下に『東のカスル・アル・ヒルト』と印刷されている。ファレルが眉をひそめて男を見た。

「そのような名前の城はパルミラにはないんじゃないか？」

男はにっこりした。

「その通り。ここから百二十キロほど東で、デリゾールへ通じる高速道路をしばらく行ったところ。途中で羊の群れに出あうでしょう」

「羊？」ミセス・ポリファックスはハッとした。「ええ、ええ、わかりますわ」

城塞の写真は百十八ページにあった。彼女は大急ぎで自分のガイドブックの百十八ページを開いた。

「そこがおすすめなのですね？」

男は肩をすくめた。

「その方向がいいというだけですよ。よく知られていますから。高速道路にカスルの標識がアラビア語と英語で出ています。でもそこには行かないで、ただストップするだけ。高速道路を降りて南に向かって砂漠の中を走る。真南です。そこを十五キロほど行くと、壺探しの場所に出る……」

「壺探し？　ああ、遺跡の発掘の？」

とファレルが聞いた。

「発掘、そうです。そこにはまだ標識が残っているかもしれない。道のない地面ですが、十分に走れます。トラックが遺跡発掘現場まで物資を運びますから。テル（古代の遺構が累積してできる人工の遺丘）・ハムサ、第五遺跡発掘現場です。このキャンプに水をもらいに寄った、バジール・マモウルという名のベドウィンの男が見聞きしたことをだれかに話したのです。バジール・マモウル」

と男は繰り返した。

「いいですか。カスル・アル・ヒルトに向かって、行くのです。東に」と彼は強調した。「カスル・アル・ヒルトは西にもありますから、まちがわないように」と言うと、彼はガイドブックを閉じた。「お話しできて、大変よかった」と言った。

微笑みを残して、彼は立ち去った。ガイドブックをまるで学問の書のように前に開いて読みながら。ファレルとミセス・ポリファックスは急ぎ足で記念アーチのところへ戻った。記念アーチとガイドブックを、さも興味深そうに見比べて。しばらくして、ファレルが低く言った。

「ここに永遠に立っているわけにはいかないよ」

「そうね。でもわたくし、ショックを受けました」とミセス・ポリファックスは小声で言った。「ここからさらに百二十キロも東の城塞に行って、そこからさらに砂漠の中を南に行くんですって？　遺跡の発掘現場まで？」

「そう。だが、あの男はどうやってそこまで行くか、言わなかった。ただ、どこということしか」

ミセス・ポリファックスはうなずいた。

「もちろん、ここに来ることを簡単な任務だとは思っていませんでした。でも、ときどきは不安になることも許されるでしょう？　でもわたくし、あの人は信頼できると思いました。あなたは？」

「ああ。それに、好感を持った」

とファレルが言った。

彼らは残った石柱が両側に立っている、かつての大通りを劇場のほうへ歩いた。朽ち落ちた劇場のまわりを石柱がまるで天を突く槍のように取り囲んでいた。ミセス・ポリファックスはためいきをついて――彼女は記念碑よりも人間のほうが好きだった――ガイドブックに目を戻した。

「ローマ皇帝ハドリアヌスがここに来たことがある」

と読み上げた。

「そしてわれらがゼノビアも、ね」

とファレルがからかった。

「彼女が昔の人なのが残念だわ。いま生きていたら、会えたのに。すばらしい人だったようね。彼女は『肌の色が白く、目は黒曜石のようで、真珠のように白くて美しい歯の持ち主だった。オリエント広しといえども、彼女ほど高貴で美しい女性はいないと言われていた』とここに書いてあります」

と言って、彼女はガイドブックを閉じた。

「ファレル、わたくし、もうパルミラは見なくてもいいという気がするわ。これからどうするか、計画を立てる必要があります。車で連れていってくれる人を見つけるか、バスの便があるか調べて、とにかく明日はその遺跡発掘現場に向かいましょうよ」

ファレルはうなずき、彼女の腕をとって、くるりともと来た道に向きなおった。

「こんなすばらしい世界遺産をろくすっぽ見もしないで帰るのは惜しいが、しかたがない。さて、尾行者はもういないようだね」

「ええ、きっとパルミラ遺跡の入り口で待っているのでしょうよ。あるいはホテルのそばとか。遺跡をめぐる人にいちいちついてまわるのも大変でしょうから。ホテルへの道はこれでよかったのかしら」

「記念アーチのところまで戻って、そこから左に行けばいい。おや……？」

　ファレルが眉を寄せた。

「おかしいな。なにか起きたようだ。アーチのところで」

　ミセス・ポリファックスも気がついた。観光客が集まりだしている。ただならぬことが起きた様子だ。人々が集まったり走り去ったりしている。アーチのすぐそばに人垣ができた。悲鳴、大声で知らせる人、狼狽した観光客がどよめいている。

　ミセス・ポリファックスとファレルは走り出した。制服の博物館警備員が人々を押し止めようとしていたが、ミセス・ポリファックスはかまわず前に進んだ。ファレルはうしろから肘でかき分けてくる。

　地面に人が倒れていて、そのまわりを人が囲んでいた。カーキ色の制服を着た軍人が二人、ライフル銃をわきにおいて、男の上にかがみこんでいる。軍人たちが立ち上がり、地面に倒れている男の白と黒のジェラバが見えたとき、ミセス・ポリファックスは息をのんだ。背中から血が流れている。

　軍人の一人が男の肩を持ち、もう一人が足をもって運び出した。そのとき、倒れた男の顔が見えた。

「ああ、なんということ！」

　と彼女は思わずつぶやいた。

「ファレル、あれは……」

「そうだ」とファレルが男の顔から目を離さずに言った。「さっきの男だ。連絡係をしてくれたあの男にちがいない」

第五章

軍人たちは男の死体をそっと持ち上げた。

「エクスクゼモア、通してください。事故です」

と群衆にフランス語で声をかけた。

もう一人の軍人はアラビア語で「インタベー！　ハキーム（ちょっと通して下さい）！」と叫んだ。

ファレルが強くミセス・ポリファックスの腕を握った。

「行こう。後ろを見てはいけないよ、おばちゃま。急ぐんだ、早く！」

「でも、ホテルに戻るのはだめよ、ファレル！　血を見た？　あの人は死んだのかしら。ああ、何ということでしょう！　殺されるなんて！」

「ああ、あの男は死んだと思う。気の毒なことをした。もしかするとぼくらと話をしていたのを見られたからかもしれない。タクシーの運転手はバスのターミナルがどこかにあると言っていた。とにかくここを出よう。それもすぐに！」

「バスターミナルはタドモール郵便局の裏側にあると言っていたわ。ホテルからそう遠くないそうよ」

と彼女はファレルに遅れないように急いで歩きながら言った。

「ファレル、もう少しゆっくり歩きなさいな。わたくしたちは観光客なんですから」

「フン」と彼は鼻を鳴らしたが、歩調をゆるめた。「郵便局というのは、この国の言葉でなんと言うんだ？　それにぼくはフランス語が話せない」

「道を聞く必要はないでしょう？」

彼らはゼノビアホテルの裏側の道に入った。そしてパルミラ遺跡を囲んでいる石壁のところまで行って、タドモールの町の中心街に向かう道を歩き出した。

「郵便局が見えたわ。バスターミナルはきっとそのすぐ向こうでしょう」

ファレルは首を振った。

「いや、まっすぐに行くのは危険だ。黒いサングラスの男がどこかにひそんでいるかもしれない。少し手前の横道に入ろう。これはどうだろう」

彼らは横道に入り、左に曲がり右に曲がって、小さなレストランや屋台や商店のある、町の古い区域に出た。

「こっちだ」

とファレルは食べ物の屋台の間の、さらに狭い横道を指した。それは入り口と出口には日が当たっているが、中は深い影がさし込んでいる路地だった。彼らはその道の真ん中まで歩いていって、立ち止まり、振り返った。だれもついてくる者はいない。入り口にこの周辺の住人たちが行き交っている姿が見える。なにごともない、穏やかな光景だった。遠くで車が行き交う音、付近から聞こえる音楽、子どもの泣き声……。道の入り口から、ジェラバ姿の二人の男が話しながら歩いてきた。一人は頭をのけぞらして笑っている。

「道に迷ったふりをするんだ。ぼくはバスのターミナルを聞くから」とファレルが言った。

「こんなところで何をしているのだと思われてしまうからね」

と言って、彼は一歩下がって男たちを通そうとした。

そのときミセス・ポリファックスが声をあげた。

「ファレル！　なんですか、あなたがたは！」

ときすでに遅かった。男の一人がファレルの手首をつかまえてなわをかけた。もう一人はファレルの口に布を突っ込み、頭から袋をかぶせた。ショックを受け、怒り、あまりにも驚いて空手を振るう瞬間を逃してしまったミセス・ポリファックスは、男たちに飛びかかったが、反対に頭を殴られて古い石畳の道の上に突き倒されてしまった。

　彼女はそのままそこに横たわっていた。殴られたショックと、石で裂けた頭の傷から流れる血で目が見えなかった。やっと道の上に体を起こしたとき、あたりにはだれもいなかった。ファレルの姿はなかった。よろめきながら、彼女は腕と足をチェックした。だいじょうぶ、骨は折れていない。しかし、倒れたときに石畳の道に体を打ちつけたため、全身が痛かった。片腕は石ですりむき、頭はどくどくと脈打つ音が聞こえるようにうずいた。ひたいに手をやってみると、皮膚が裂けて血が流れ出ている。手さぐりで、すぐそばにバッグが落ちているのがわかった。お金とパスポートを取り上げられなかっただけでも運がよかったと思わなければならなかったが、彼女はショック状態でそれどころではなかった。なにも考えることができなかった。ただ本能的に路地の出口の明るいほうに向かって這っていった。彼らが自分をつかまえに戻ってくるかもしれない、と思うだけで必死だった。一刻も早くここから離れ、逃げなければ。この暗い、暴力に満ちた場所、ファレルを失った場所にはあと一分もいたくなかった。そうだ、ファレルはもういない。連れていかれてしまったのだ。どうしよう。

路地の出口までたどり着いて、彼女はくらくらしながらも立ち上がった。そして壁づたいに一歩一歩前に進み、まぶしい太陽の下に出た。

急な明るさに目を細めた彼女の目に映ったのは、バルコニーのついたコンクリートの四角い住宅が連なっている一隅だった。すぐ近くの家のバルコニーで、女性が一人、タオルや服を干していた。

ミセス・ポリファックスはよろけながら道路に出て、その女性を見上げた。

「すみません」と小さく声をかけ、「すみません、アメリカ人なのですが」

女性は彼女を見て息をのみ、おびえた顔になり、左右を見回した。それからうなずくと姿を消した。道路に面したドアが開くまでの時間がとても長く感じられた。女性はまた左右を見回してから小走りでミセス・ポリファックスのところまで来た。そしてまたあたりを見回しながら「ヤッラ！ ヤッラ！」と叫び、ほとんど彼女を引きずるようにして戸口に急ぎ、中に入ってドアを閉めた。

玄関の床に体を横たえたまま、ミセス・ポリファックスはこの親切な女性を下からながめた。女性は荒く肩で息をしていた。ミセス・ポリファックスは小声で「シュクラン、ありがとう！」と言った。

これを聞いて、女性はぱっと笑顔になった。うなずくと、また急いでいなくなり、こんどは濡らした布を持って戻ってきた。そしてミセス・ポリファックスのひたいの血を拭いてくれた。

勇気のある人だわ、とミセス・ポリファックスは思った。彼女が道の左右を見回していたのを思い出した。

「ありがとう」

とふたたび言って、ミセス・ポリファックスは意識を失った。

気がついたとき、彼女は薄暗い部屋でマットレスに横たわっていた。さっきの女性と十二歳くらいの少年がベッドのそばで彼女を見おろしていた。

少年が口を開いた。

「ぼく、すこし、英語、はなす。けが、どうして？」

ミセス・ポリファックスはひたいに手を当てて、顔をしかめた。そして、説明することはできない、と思った。

「石が落ちてきて、当たったの」

納得したかどうか、わからなかったが、少年から話を聞くと、女性は部屋を出ていって、まもなくピンクのバラの模様の小さなカップを持って戻ってきた。

「カフワ」

と女性は言った。

「コーヒー」

と少年は得意そうに英語で言った。

ミセス・ポリファックスは起きあがって、コーヒーをすすった。濃いコーヒーでカルダモンで味付けしてあって、彼女はおかげでやっと少し元気を取り戻した。

「どうぞ、お母さんにわたくしからのお礼を伝えて。家の中に入れてくださって、ほんとうに感謝していると」

「かまわない」と少年は言った。「やすめ、と言っている」それから顔をしかめて考えた。「ええと……アスワド、いやちがう、暗くなる、だ。暗くなるまで、待て。暗くなったら、行け。窓に近づくな」

「わかったわ」とミセス・ポリファックスは言い、また「シュクラン」と繰り返した。そして起きあがろうとした。いま起きあがらなければ、起きあがれなくなるような気がした。少年が手を貸して、彼女をゆっくり隣の部屋に連れていった。そこは居間で、家具でいっぱいだった。キャビネット、椅子が数脚、ソファ、壁に絵が数枚、テレビ、窓にはナイロンのカーテンがかかっていた。テレビがついていて、アメリカのマンガがアラビア語で放映されていた。よかった、ハンドバッグがあって、と彼女は思った。あの中にアスピリンがあるはず。パスポートもお金もある。バッグの中から、アスピリンを三錠取り出して水もなしに飲み下した。それから少年に言った。

「暗くなるまで、眠ります」

「どこに、あなた、行く？」

　そう聞かれて、彼女は眠ったふりをして目を閉じた。どう答えていいかわからなかった。ここはよく考えなければ。一生懸命考えなければ。ファレルはいまどこにいようと、どんな目にあっていようと、彼女よりもずっとプロなのだから、きっと困難を乗り越えるにちがいない。彼女はいま、自分に何ができるか、そしてどうするか、決めなければならなかった。タドモールにはアメリカ大使館はないのだ。また、疑われずに訴えることができる相手もいない。秘密警察ムハーバラートに出し抜かれたことを認めなければならない。彼らの監視に気がついたことが、向こうにもわかったのだ。それで、姑息《こそく》にもトレンチコートと黒いサングラスは脱ぎ捨てて、ジェラバとカフィエ姿でファレルをつかまえたのだ。でも、すぐに警察に連行して尋問することにはならないだろう。その前に何をされるかわからない。だが、いま彼女はファレルのことは一時忘れなければならなかった。ファレルもそう望むだろう。彼は以前、いっしょに囚われの身になったこともあるし、死に直面したこともある。だから彼の勇気と機転について、彼女は十分に承知していた。もし彼が逮捕と監獄入りを免れれば、彼が目指すところは二つしかなかった。ダマスカスのホテルか、東のカスル・アル・ヒルトの南にある第五キャンプ遺跡発掘現場だ。彼女自身はどんなことがあっても、負け犬のようにしょんぼりと首をうなだれてダマスカスに戻るつもりはなかった。彼もまたそう考えるだろう。これこそカーステアーズが彼らにたのんだことだった。やっと目的地と方向がはっきりした。

頭痛がおさまってきた。ショックのふるえも鎮まった。ひたいに手を当ててみて、この家の女性が包帯を巻いてくれたことがわかった。もう少ししたら立ち上がって歩くことができるはずだ。

そのとき女性が静かに部屋に入ってきた。そしてそばになにかを置いた気配があった。ミセス・ポリファックスが目を開けてみると、それは編みあげバッグだった。小さな荷物をまとめてハンドバッグといっしょに持ってきた彼女の唯一の持ち物、そして路地で倒れたときに手放したものだった。ミセス・ポリファックスは起きあがり、驚いて、これがどうしてみつかったのかというように女性を見つめたが、彼女はただほほえむだけだった。少年が部屋に入ってきた。

「母、これ、外、みつけた。あなたの？」

ミセス・ポリファックスはうなずいた。

「暗くなったら、アスワド……、どうやってここから出たらいいのでしょう？」

「どうぞ、どこへ、行く？」と少年は聞いた。「ア・ラ・オテル？　ホテルへか？」

ミセス・ポリファックスは上着のポケットからガイドブックを取り出すと、百十八ページを開いて、破りとった。

「東のカスル・アル・ヒルトへ行きたいの」

と言って、指で示した。

少年は写真を見、それから彼女を見て、戸惑っている。

「そこ、石だけ。なにもない。なんという？　遺物？」

「ええ、でも、そこから遠くないところに」とミセス・ポリファックスは辛抱強く言った。

「テルという言葉、知っている？　人が地面を掘っているところ。古い遺物や遺跡を？」

「ああ……」と男の子は言った。「ナアム（イエス）」と言うと、いまの話を母親に伝えた。

母親は話を聞いて驚いて、早口で男の子になにか言った。少年はミセス・ポリファックスに向きなおった。

「一人でか？　男は、いない？」

ミセス・ポリファックスはすぐにその意味がわかった。女が一人ということは、たとえそれがアメリカ人であろうと、ひどく哀れまれるか、ひどく疑われるのだ、この土地では。考古学の発掘現場で、息子が待っているということにしよう、と彼女はとっさに決めた。母親という言葉はウンム、でも息子は、なんというのだったかしら、と思いだそうとした。

「イブン！」

とやっと思い出した言葉を叫んだ。そしてまたさっきの写真を見せた。

「ああ……」

と女性はほほえんだ。そして「イブン、ナアム」と言って、早口で説明する息子の言葉にまたもや早口で答えた。

母と息子はミセス・ポリファックスの言う意味がわかったとしきりにうなずいてみせた。それから、息子が母親との会話をミセス・ポリファックスに伝えた。

「いとこ、行く……」

と言いかけたが、ことばがみつからないらしく、しばらく顔をしかめて考えたが、隣の部屋に行って、小さな本を持って戻ってきた。それからページをめくって言葉をみつけてうれしそうに叫んだ。「配達、配達！」そして本を閉じて「石油、鶏、羊肉、ビール……」

「どこへ？」

とミセス・ポリファックスはせき込んで聞いた。

「アックスネ」と言って、少年は親指と人差し指をこすり合わせた。「お金。もっと遠くまで、行く、いとこ。掘り起こすところにも」

ああ、よかったとミセス・ポリファックスは安堵《あんど》の胸をなで下ろした。これで、そこまでどうやって行くかという、問題は解決したわ。

「いつ、いとこは、いつ出発するの？」

と彼女は聞いた。

「今晩。あとで……。ええと……」と言って、またページをめくり、「仕事のあとで。市場の仕事」

すばらしいわ。そのころにはもう暗くなっているにちがいない。

「わたくしのこと、話してくださる？　それからお金のことは……」と言って、彼女も二本の指をこすり合わせた。「わたくしを連れていってくださるお金のことですけど」と言って、彼女は財布からシリア通貨の束を取り出した。そして、それを彼に渡した。

少年は顔を輝かせた。そして金を数えて、半分を彼女に返した。

「このお金、いとこサリムに。残りの半分、あとで。ぼく、サリムに、いま行く。オーケー？」

ミセス・ポリファックスは、ええ、とってもオーケーよという顔でうなずいた。少年が出かけると、彼女は母親に手招きした。そして編みあげバッグからスークで買った刺繡入りの黒いジェラバを出した。外国の観光客には買えても、住んでいる人にとってはとびきり高いものかもしれない。ガイドブックで、アラビア語のページを見ながら、その黒いジェラバを指さして言った。

「ハディーヤ、贈り物」

そして、それを母親のひざに置いた。

彼女は驚き、ジェラバを見て「ヒルワ！」と感嘆の声をあげた。

ミセス・ポリファックスはその言葉の意味を思い出し、うなずくと、母親の服の上からそれをかけて、「ヒルワ！　とてもきれい、お似合いよ！」と言った。

しかし、白いスカーフのほうは自分のためにとっておいた。そしてそれを頭にかぶった。

「シュクラン、シュクラン」と女性はうれしそうに繰り返した。「シャワールマ……サンドイッチ？」と食べるまねをした。

少年が戻ってきて、サリムは家の前にサバア、七時にトラックをつけるということになったから、暗くなったら用意して待て、と伝えた。

「そして」と得意そうに彼はミセス・ポリファックスに言った。「お金、いとこ、行く、掘り返すところ」

ミセス・ポリファックスは一安心して、あらためて彼らに礼を言った。それから三人は仲良く台所でシャワールマを食べ、コーラを飲み、七時を、そしてサリムを待った。

第六章

七時ちょうど、家の中で待っていた彼らは外に止まったトラックの音を聞いた。女性はドアを開けて車を確かめると、うなずいて、ミセス・ポリファックスに合図し外に出て、彼女を車の助手席に座らせた。その間、一言も言葉は交わさなかった。男はミセス・ポリファックスを見さえしなかった。トラックの荷台にのせられている荷物とおなじ扱いだった。ダッシュボードの光でぼんやりと見える彼の顔は細くて浅黒く、頭に巻いた布、カフィエの白さのためにさらに黒く見えた。眉毛は厚くて口ひげは大きく、ミセス・ポリファックスは彼の細い疲れた体には似合わないような気がした。ほほえみを交わしたりあいさつをしたりもしなかった。サリムは急いでいた。明け方から一日じゅう市場で働き、とても疲れているにちがいない。

しかし、ミセス・ポリファックスにとって、サリムは天使だった。

彼は来たときと同じく唐突にギアを入れて、夜の通りを走り出した。車は砂漠に向かって、そしてアッスクネに向かっている、とミセス・ポリファックスは思うことにした。ただこの男を信じるしかなかった。日はすっかり落ちていたが、弱い月の光が古い崩れかけた家々を照らしていた。タドモールの町を出て、遠くの地平線まで続く平らな砂漠を走り出したとき、初めてミセス・ポリファックスは安堵のため息をついた。デリゾールに向かう高速道路の標識が目に入ったからである。パルミラで殺された彼らの連絡係の男が話していた道だった。

サリムは一度だけ車を止めた。ミセス・ポリファックスはぎくりとした。彼はトラックから降りて少し離れると、砂で手を洗って東に向きひざまずいた。暗くなって月がのぼっている。メッカに向かって夕方の祈りをする時間なのだわ、とミセス・ポリファックスは思った。

車に戻ったサリムに彼女は言った。

「アシャーですか?」

彼は初めて彼女を見た。

「知っているのか?」

と驚いた様子で英語で言った。

彼女はうなずいた。

「タイブ、いいね」

と彼は言った。ミセス・ポリファックスはやっと配達される荷物ではなく人間になった。

そのあとミセス・ポリファックスは眠りに落ちた。必要な、癒しの眠りだった。奇跡が立て続けに起きて、この孤立無援の国で助けを得て、カーステアーズから受けた使命を葬り去らなくてもすんだという安心感からの眠りでもあった。

トラックが砂漠の町アッスクネに入り、止まったとき、彼女は目をさました。あたりはすっかり暗く、月は高くのぼっていた。トラックから荷物が降ろされ、人声が聞こえた。ここはレストランなのか、それとも倉庫なのか、と彼女が思っていたとき、サリムが戻ってきて、ふたたびトラックを出発させた。町を出てから彼は車を止めた。

「ウエィン？　どこ？」

ミセス・ポリファックスは少年が話してくれたはずだと思ったが、ハンドバッグからポケット懐中電灯を取り出すと、カスル・アル・ヒルトの写真を見せ、それに×印を付けて、そこから南の砂漠に向けて矢印を描いた。

「テル・ハムサ？」とガイドブックのアラビア語の語彙《ごい》を見ながら言った。「ヘジャーラ？石？」と言って、掘り起こす仕草をして見せた。

「ああ、ハムサ！」

と言うと彼は、ミセス・ポリファックスをにらみつけて手を差し出した。明らかにもっと金を出せという意味にちがいなかった。

彼女はまた語彙集を見ながら、申し訳なさそうな顔をして言った。

「バーディーン、あとで？」

そう言ってからすぐ、彼を完全に信用していないことに良心の痛みを感じた。しかし、時間は遅かったし、暗いし、まちがいなく目的地にまで送り届けてほしかった。どこかまったく見知らぬ土地に置き去りにはされたくなかった。

彼はその言葉にうなずいた。この男は力ずくで金を奪うこともできたのだ、と彼女は気がついた。愚かだったかもしれない、と思ったが、ひたいの傷はふたたびうずき出したし、彼女はもっと眠りたかった。

「わたしのイブン」

と言って、サリムが彼女の架空の息子が目的地で残りの金を払ってくれるという意味にとってくれることを期待した。

アッスクネで荷物を降ろすのに時間がかかったため、カスル・アル・ヒルトまで南へ十三キロと教える道路標識まできたときは、すでに時間は遅く、十時をまわっていた。ここでサリムは車を降りて、南に向かう道の形跡を見つけようと地面を調べた。そして車に戻ってきたとき、彼は笑顔になっていた。

「マーシャーアッラー（アッラーの神のおかげで）！　そこがアル・コムの近くなら、すぐわかったのに！」と言って、南の方角を指さした。「ワジ（降雨時または雨季にのみ水の流れる川。涸れ谷）の上の村だ。あんたが探している場所、わかったよ」

「アッラーの神に感謝！」と彼女も笑い返して言った。

「あんたの息子、キャンプで掘っているのか？」

「ええ」と彼女はうそをついた。

「おれ、息子、アルバア」と言って彼は指を四本上げて見せた。

「まあ、そう、四人も？　タイプ！」

と彼女は言った。まわりは何もない。ぼんやりと砂漠を月が照らしているだけの心細い風景だ。そして寒くなってきた。砂漠はいつも夜は寒いのだ。コートはダマスカスのチャム・パラスのクローゼットにかけたままになっている。

でこぼこ道を揺られて十五キロほど行ったところで前方に明かりがちらちらと見えた。少し進んで、それはテントの外に一定間隔で置かれたランプであることがわかった。大きな建物が一つあって、夜空を背景に暗く立っていた。最初のテントに近づき、サリムはブレーキをかけた。

「止まるぞ」

と言うと彼は、ハンドルを押して警笛を鳴らした。静まりかえった砂漠に警笛の音が響き渡った。

男が一人、テントから顔を出した。トラックを見て歩いてくる。顔をしかめているのがわかる。トラックのヘッドライトに浮かんだのは、背の高い男性で、スリムで日に焼けた顔、もじゃもじゃの黒っぽい毛、ひげの伸びたあご。めがねにライトが反射して目は見えない。ショートパンツとブーツをはき、厚いセーターを着込んでいる。

サリムはトラックから降りて、得意そうに言った。

「あんたのウンム、つれてきた」

ミセス・ポリファックスはこの言葉にたじろいだが、若者はウンムが母という意味とわからないのか、にっこり笑って「ようこそ」と言うと、彼女の手を取って車を降りるのを手伝った。

「荷物はないの?」

とやさしく聞いた。

「ええ、ここには持ってきていないわ」

と彼女は寒さにふるえながら言った。

「わかった」

と言うと、若者はサリムに向かい、ミセス・ポリファックスには流ちょうなアラビア語としか聞こえない言葉で話し出した。彼女は驚き、狼狽し、警戒した。そして財布の中から約束の残りの金を出してサリムの手に渡し、「シュクラン」と言って、トラックが土煙を立てて走り去るのを若者と並んで見送った。ミセス・ポリファックスはあえて何も言わなかった。ただ彼のほうが先に口をきいてくれるのを待った。

若者は軽やかな笑い顔でミセス・ポリファックスを見た。

「ロビンソン博士はもう眠っていると思う。彼はこの発掘現場のボスです。ここの発掘ももうじき終わり、われわれは十月末には引き上げるでしょう。この国のきまりで発掘期間が定まっているんです」

「そうですの」

とミセス・ポリファックスは相づちを打った。

「疲れているでしょう? それに寒くありませんか」と若者は言った。「どこかのテントに入れるようにしましょう。そうだな、エイミー・マディソンのテントがいい。オーストラリア人で、土器が専門です。でも、明日の朝、登録してください。現場の入り口に警備の詰所がありますから……」

彼女は警戒の目を若者に向けた。

「現場にもぐり込む泥棒のためですよ。でも、それはあとでいい」と言うと若者は目に笑いを浮かべてミセス・ポリファックスを見た。

「あなたがだれの母親なのか、教えてもらえますか」

「ああ、それは……」とどぎまぎして彼女は言った。「ドライバーの誤解ですわ」

若者はそれ以上こだわらず、うなずいた。

「ひたいの傷から血が出ていますよ。包帯が血でまっかです。今晩はエイミーのテントに行くのはやめてぼくのテントで休んでください。救急箱もあるし余分の毛布もありますから」

ミセス・ポリファックスはなにも言わなかった。夜中の十一時に突然トラックで、へとへとに疲れて、荷物もなく、額から血を流して、しかも見知らぬ若者の母親のふりをしてやってきたことをどう説明したらいいか、わからなかった。ただタドモールを抜け出すことに必死だった。ここに着くまでに適当な説明を考えるつもりだったのに、疲れすぎていてそんな余裕がなかったのだわ、と思った。

「ぼくのテントに空いている簡易ベッドがあります」と若者はテントの入り口のキャンバス布を上げて中に入りながら言った。「ヴィド・キャストレリという男が二日前に帰国したので。どうぞ今日はここで寝てください。エイミーを起こすことはないです。朝の涼しいうちに作業を始めるため、ここではみんな早くベッドに引き上げるので」

「そうですか」と言って、彼女は簡易ベッドに腰を下ろした。「なにを発掘しているのですか」

「ウマイヤ・カーン（ウマイヤ朝の隊商宿）の遺跡です」

若者は石油ランプを灯した。テントの中が明るくなると、彼は救急箱を持ってきて、ミセス・ポリファックスのひたいの傷を調べた。そして顔をしかめた。

「包帯が傷にくっついてしまっている。ちょっと痛みますよ」

ほんとうに痛かった。

「いまつけたのは抗生物質入りの軟膏です。かなり大きな深い傷ができていますが、これで大丈夫でしょう。しっかり包帯をしておきますね。破傷風の注射はしてますか？」

彼女はうなずいた。この深い傷をどこで、どんなふうに受けたのか、若者が聞かないことに感謝しながら。

毛布を取り出すと、彼はそれでミセス・ポリファックスの体をくるみ、それからイワシの缶詰とフォークを渡した。

「食べてください。そしてあなたはだれなのか、いったいなぜ、こともあろうにこんな場所にそれも夜中に現れたのか、話してください」

イワシを二匹食べ、暖かい毛布にくるまれて、彼女はやっと人心地がついた。

「わたくし、エミリー・リード＝ポリファックスともうします」と言って、彼女はためらい、ちょっとの間考え、それからまた話し出した。「わたくしがここに来たのは、バジール・マモウルという男の人に会うためです」

「バジール・マモウル？　それは羊飼いですよ！」

四匹目のイワシを食べながら彼女はうなずいた。

若者は首をかしげた。

「ぼくはその名前におぼえがある。水がほしくてこのキャンプにやってきた男だ。でもそれはもう何週間も前のことだ。ここの作業員のムスタファの知り合いで。でもなぜあの男にそんなに……」と言って、彼は眉を寄せた。「そんなに会いたいのですか？」

彼は興味深い顔をしている、とミセス・ポリファックスは思った。最初の印象ほど若くはない。三十歳近いかもしれない。とても賢く、知識欲が旺盛な顔だ。

「その人が興味深いことを知っているからですわ。それでわたくし、直接お会いしたいの」と彼女は手短に言った。

「そうですか。でもあなたはどうしてバジール・マモウルのことを知っているのですか？」

「情報というものは広まるもの」と彼女はあいまいに言った。「あなたのお名前は？」

彼は彼女をまじまじと見た。

「ジョー・フレミングです。ぼくはどうしても……」と言って、彼は深刻な顔でミセス・ポリファックスをみつめた。「この発掘現場のことをだれに聞いたのか、そしてなぜあなたがバジール・マモウルに会いたいのか、聞かなければならない」

彼女はため息をついた。

「わたくしがここに来て、彼を探しているということで十分ではありません？　彼がここに来たということは……ええ、伝わっている、ということですわ」

ジョー・フレミングの顔が真剣になった。

「ダマスカスの人間はじゅうたんの商売がうまい。ひょっとして、スークでアブドゥルという名前の少年に会いませんでしたか？」

こんどは彼女が彼をまじまじと見る番だった。

「ええ、そんな名前の子どもに会いましたわ、わたくしたち」

「わたくしたち？　他にもいるのですか」

ミセス・ポリファックスはため息をついた。

「ええ、二人だったのです。でももう一人はタドモールで、たぶん警察の人だと思うのですが、二人組の男におそわれて連れていかれてしまったのです。この傷はそのときのもの……」と言って、彼女はひたいを指さした。「彼は捕まってしまったの」

「驚いたな。それじゃあなたは、そのあと、一人でここまで来たのですか？」と言ってから、彼はためらいながらも言葉を続けた。「もしかすると、あなたが探しているのはぼくかもしれないな」

彼女はわけがわからなくなった。

「わたくしが探しているのは、バジール・マモウルですわ」

彼は笑顔になった。

「ぼくは見たとおりのかけだしの考古学者ですが、じつはたのまれたことがあって……なんと言ったらいいかな……その、ぼくの行くところで聞いたことを伝えるようにということなんです。たとえばバジール・マモウルがここに水を飲むために立ち寄ったとき、ムスタファに話したことなど、偶然に耳にしてしまったようなことを」

彼女は驚いた。

「それじゃ、あなたが？　あなたがもともとの情報源……？」

「そうです。ぼくです。でもあとは明日の朝にしましょう。おそいですから」と彼はきっぱりと言った。「あなたはひどくショックを受けておられるようだし、けがもして、疲れている。いまはお互いのことがわかっただけでいいことにしましょう。もうイワシの缶詰は食べましたか」

彼女は空っぽの缶詰を渡した。

「それじゃぼくはもう寝ます。明日の朝、話しましょう」

「一つだけ聞きたいことが」とミセス・ポリファックスは言った。「捕まったのはわたくしの友人のファレルで、少しでも早く、なんとかしなければならないのです。ここからダマスカスのアメリカ大使館へ連絡を取る方法はありませんか。彼が捕まったということを知らせたいのです」

彼は考えた。

「バーニーが無線装置を持ってる。物資の注文をするのに使うんです。ダマスカスにまで届くほどパワーがあるかどうかぼくは知りません。砂嵐や悪天候がありますからね。でもそれも明日の朝、聞くことにしましょう」

と言うと、彼はランプの火を吹き消して彼女のベッドに枕をおき、自分のベッドに横たわった。

「それじゃ、明日の朝」と彼は繰り返した。「それまで、アッラー・イミッシクム・ビヘイル」

「どういう意味ですか」

「『安らぎの夜でありますよう』」

ミセス・ポリファックスが目を覚ましたとき、外はまだ薄暗かった。テントの主はもう起きてベッドに腰かけ、ブーツを逆さまにしてしきりに振っていた。彼女が起きあがったのを見て、彼は言った。

「サソリですよ。やつらはブーツが好みなもので」

「わたくしはゆうべは靴を履いたまま眠ったらしいわ」

と彼女は自分の足を見て驚いて言った。突然眠りに落ちたにちがいない。

「ほんとうに疲れていたのだと思いますわ」

「ミセス・ポリファックス、あなたはよれよれだった」と彼は正直に言った。「失礼なことを言うつもりはありませんが、倒れる寸前だったと思いますよ。それに比べて、今朝はまるで別の人のようです。朝食があと四十分で始まります。中央テントで」

彼は水の入ったビンに手を伸ばすと小さな洗面器に水を入れた。

「砂漠では貴重な水です。どうぞ、顔を洗いたかったら……」

彼女は両手を水につけて、顔にぱしゃぱしゃとかけた。

「さっきから考えていたんですが、ロビンソン博士にあなたのことをどう説明したらいいのか。ここにいるのはごく少ない人数で、予算も限られている……」

彼女はすばやく反応した。

「わたくし、自分の食事代は支払いますわ」

「こうしましょう。ぼくの母親というのはやめて……」と彼はいたずらっぽく笑った。「叔母さんというのはどうですか。シリアにツアーで来て、ツアー・グループから離れて甥に会いに来たというのは？　ぼくの叔母さんになるのはいやですか？」

ミセス・ポリファックスは笑い出した。

「いいえ、いいわ。そうしましょう。サソリはいました？」

「いや、今朝はいない」と言って、彼はブーツのひもを締め上げた。「さてと、そろそろなぜあなたがバジール・マモウルに会いたいというのか、話してくれませんか？　ぼくの記憶が正しければ、ちょうどぼくが通りかかったときバジールという羊飼いがここの作業員のムスタファに……」

「でもそれより前に」とミセス・ポリファックスは話をさえぎった。「あなた自身がだれなのか、教えていただかなければ。スークでじゅうたん売りに情報を流すほど信用されているあなたは、いったいだれなの？」

ジョー・フレミングは首を振った。

「いや、ぼくはその商人には会ったことはありません。ぼくが会うのは、アブドゥルという少年だけです。毎月二回、タドモールで手に入らない物資を買い出しに、だれかがダマスカスに行かなければならないんです。それはいまのところぼくの仕事です。ですから月に二回、ぼくはダマスカスへ行って、ついでにアル・アラビ・レストランで昼食をとる。アブドゥルはそのレストランの前でかごとか小物を売っている。そして値段の交渉をしているようなふりをして、ぼくは彼になにかを話す。ぼくらは友達になりました。彼はぼくを信用している。でも、ぼくは彼の父親がスークでじゅうたんを売っているということしか知らないんです。スークでじゅうたんを売っている男はごまんといるので、ぼくはなにも知らないも同然……」

彼女はまた話をさえぎった。

「まだあなたがだれか、聞いてませんわ」

「ＣＩＡではない。あなたはぼくをそう思っているでしょう？　あなたこそそうじゃないかとぼくはにらんでいるが、ぼくはそうじゃない……」

「でもあなたはなにか……関係があるでしょう？　情報を伝えるのですから」

「ええ、でもほとんど関係ない」

と彼は彼女の疑問に答えた。

「ぼくが大学院で古代史を勉強していたとき、授業を持っていたんですが、講師料がすごく安かった。でも、ロビンソン博士が三年前、この発掘の隊員にぼくを選んでくれたとき——これはすごい名誉なことなんです。たくさんの学生が行きたがっていますから。無給ですけど——、ぼくには金がなくてシリア行きの航空券さえ買えなかった。そこで、CIAで働いているぼくのいとこが、金を捻出できるかもしれないと言ってくれたんです。条件はぼくが……」

と言って、彼は口をゆがめて笑った。

「情報をときどき伝えてくれれば、ということでした。情報と言っても、ローカルなもので、労働者の雰囲気、干ばつ、病気、噂など、なんだかすべてあいまいで、簡単なことのように聞こえました。とにかく、ぼくは金がほしかったので、またぼくのいとこは親切だと思ったので、引き受けました。航空券は魔法のように支払われました。ぼくが伝えるなんの役にも立ちそうにない情報に、それもたいてい農業に関するものですが、何らかの反応があったのは、あなたが初めてです。さあ、これで満足してくれますか?」

「そう、それじゃ、今回が三回めなのですね?」

「ええ、でもこれが最後になると思います。ニューヨークで仕事が見つかったので。アラビア語とアラブの歴史をある大学で二月から教えることになっているんです。さ、今度はあなたが話す番ですよ。いったいどういうわけなんです？　危険を冒してこんなところまで来るなんて」

「それじゃ、お話ししましょう。これで公平というわけね。これはすべてある若いアメリカ人女性のためなの。六週間前、いえ、もう七週間になります。七週間前に、アメリカの航空機がハイジャックされて、ダマスカスの空港に強制着陸させられたのです。そしてその若い女性が乗客二百三名を命がけで救ったの。まさにヒロインよ。彼女は空港でテレビのインタビューを受けて、テレビカメラの前で迎えに来た車に乗り込んだの。そして、それが彼女の最後の姿となってしまった。そう、こつ然と姿を消してしまったのです。まちがった車に乗ったという人もいます。つまり、簡単に言うと、誘拐されてしまったのだと。このニュース、聞いたことがあるでしょう？」

彼は首を振った。

「ぼくのラジオは八月からこわれている。まあ、そうでなくとも、ここは陸の孤島です。まわりから遮断《しゃだん》されていますから。そういえば、バーニーがハイジャックのことなにか言っていたな。でも、それはもうだいぶ前のことですよ。それがあなたがいまここにいる理由だとすれば、もうなにもできないでしょう？」

「とんでもない。彼女を見つけるのですよ」とミセス・ポリファックスはきっぱりと言った。「もしまだ生きているとすれば。大使館はもう死んだものと見なしています。でも、もしバジール・マモウルという人がアメリカ女性がどこかで話している声をほんとうに聞いたというのなら、わたくしはそれがどこだったのか、突き止めます。どうしても彼を見つけなければ」と彼女は言った。「ガイドが必要なの。それにランドローバーか、なんでもいいからこの地で手に入る交通手段を手に入れなければ」

ジョー・フレミングは驚きの声をあげた。

「あなたはバジール・マモウルをそんなふうに見つけるつもりなんだ。しかも一人で？　この砂漠はものすごく大きいですよ」

「もし彼が羊を飼っているのなら、草の生えているところで見つけることができるのじゃないかしら？　そこから始めようと思います」

と彼女は当たり前という顔で言った。

「あなたは砂漠を知っているんですか？」

とジョー・フレミングは少し驚いて言った。

ミセス・ポリファックスはにっこりした。

「ええ、少しばかり。お金はありますの。それもたくさん。もしバジール・マモウルを探し出すのを手伝ってくれるガイドがいれば、たっぷり払えるほど」

「ちょっと、信じられないな。奇想天外な話だ」

「ええ、承知してますわ」と彼女はめげずに言った。「でも、わたくしがあなたからほしいのは、わたくしが正気かどうかに関するコメントではなく、アドバイスです。どうでしょう、手伝っていただける？　少なくともファレルが……」

り返した。

と言いかけて、彼女はやめた。いま彼がどんな目にあっているか、考えたくなかった。すべてはわたくし次第なのだわ、そう、わたくしの機転にかかっている、と彼女は心の中で繰り返した。

彼は彼女の言葉を聞いて顔をしかめて考えているようすだった。くしゃくしゃの髪の毛、丸い縁のめがね、それにどこか幼さの残っている顔で、ふくろうのように見えた。

「ランドローバーが一台、あることはあるんです。でも、ロビンソン博士は絶対に貸さないでしょう。作業員の一人のアルグブという男がラクダ二頭と取り替えようと申し入れましたが、だめでした」

「それじゃわたくし、ラクダで行きますわ。ツアーからはぐれたアメリカ人観光客ということで」

彼の眉間《みけん》のしわがさらに深くなった。

「いや、もしかすると、昼寝《シエスタ》の時間のときなら、貸してくれるかもしれないな……。でも」と首を振った。「今日はむりです、どちらにしても。交渉してみます。なにより博士に会ってもらわなければ」

「それじゃ早く朝食のテーブルへ行きましょう。そしてわたくしを紹介してくださいな」と彼女はせかせた。「それと、無線装置を持っているバーニーというかたにもお会いしたいわ。大使館はあと一、二時間で開くでしょうから。ファレルの件でと言っていただくのよ、ジョン・セバスチャン・ファレルの件とね」

ジョーは唇をゆがませて言った。

「なんだか昨日の夜のあなたのほうが好きだな、ぼくは。こんなこと全部を知らなかったときのほうがよかった」と言って、にっこりほほえんだ。「さあ、行きましょうか、叔母さん。みんなに紹介しますよ。われわれがここでなにをしているか、見てください」

朝の光で見ると、キャンプの様子はまったくちがって見えた。夜の暗さでは発掘されている穴は見えなかった。さまざまな断層が、きちんと細くてまっすぐな棒で印しづけられ区分けされているのも、日干しレンガでできている建物からキャンバス地のひさしをかけてその下に作業テーブルをおいているのも昨夜は気がつかなかった。

ジョーが説明した。

「ユーフラテス川とダマスカスの中間の隊商隊のルートはここを通っていたのです。われわれはここでウマイヤ朝の隊商宿を見つけました。アーチ形の天井が二つ、あとで見せますよ。それから軍隊の駐屯所のようなものも。なにしろ、カスル・アル・ヒルトはここから四十キロほどのところにありますからね。おはよう、みんな！」

と彼は長いテーブルについている人々に声をかけた。

「昨日の晩、思いがけない人がやってきた。叔母のエミリー・ポリファックスです。団体ツアーから一人はずれてぼくに会いに来てくれたのです。ロビンソン博士……」

テーブルの上席に座っていた男が立ち上がった。少し驚いている。背が高く、やせていて、短く刈り込んだ灰色のあごひげを蓄え、その顔はつばの広い帽子の陰になっている。

彼はもごもごと口の中で言った。

「ああ、ええと、ようこそ……」

続いて、次々に人が紹介された。ブルックリン出身のバーニー（彼には特別の注意を払った）、オーストリアから来たフリッツ、エイミー・マディソン（彼女のテントに昨夜ころがりこむところだった）、カリフォルニアからのジュリーとカーティス・ローウェル、アウワド（シリア人考古学者）、ブラミン（作業員の監督）。次のテーブルには作業員が座っていた。アルグブ（ラクダ二頭を持ってきた人だわ、と彼女は思い出した）、ムスタファ（バジール・マモウルの友人、この人にはあとで話を聞かなければ）、ファヤ、アリ、ハメド、ハッサン、マームド……あとはおぼえきれなかった。

ロビンソン博士の隣に彼女の席がもうけられた。座るが早いか、彼女はさっそく熱心に彼に話しかけた。甥が研究しているウマイヤ朝について、わかっていることはすべて知りたい、もっと砂漠を見たい、タドモールで仕事をして遅れているいとこのファレルが来るまで、もしよろしければ、おじゃまにならないようにお手伝いしたい……。

テーブル越しにジョー・フレミングがおもしろそうに見ていた。この人は魔女だな、と彼は思った。どんなことがあってもランドローバーを手に入れるつもりだ。手伝いたいという申し入れはすばらしい思いつきだ。人手が三人最近いなくなったから、猫の手も借りたいほどだ。彼のテントの同室者とエイミーの同室者は大学の授業が始まるので帰国したばかり、それにセシル・バートンは家族に不幸があって急遽《きゅうきょ》引き上げたばかりだ。

朝食が終わると、ロビンソン博士は失礼と言って立ち上がった。ミセス・ポリファックスはジョーの視線をとらえ、「次は、バーニーを紹介して」と小声で言った。

「ああ、ええ、バーニーはいいやつですよ。元レスラー、元軍人です」と言うと、ジョーは彼を呼んだ。「叔母がなにかきみに聞きたいことがあるそうだ」

彼女は一目でバーニーが気に入った。ジョーより少し年上で、広い肩幅、つぶれた鼻、親しみやすい顔、彼女にとってはなじみの、せっかちなニューヨーク人らしい。彼の大きな手をとって握手した。

バーニーはにっと笑った。

「ジョーの親戚といったら、みんなウマイヤ朝の隊商宿に埋められた連中だと思っていましたよ。ぼくができることなら、なんでも」

「あなたの無線装置を使って、ダマスカスへメッセージを送ることができますかしら？　たとえばアメリカ大使館まで」

「ダマスカス？　くっそ、そんなことは……失礼、できません」

「なぜだ？　天候のためかい？」

ジョーが聞いた。

バーニーは首を振った。

「いや、パワーが足りないんだ。ここにあるのは単純なアマチュア無線機なんだ。低周波なのでタドモールまでは十分に届くが、その先はむりだ。ダマスカスと通信するには高周波でなければならない。三から三十メガヘルツぐらい。この国の政府は民間人がそういうものを使うのは好まない。タドモールまでメッセージを送り、そこからダマスカスまで送るようにたのむことはできますよ」

「どうしましょう」と彼女は眉をひそめた。「その方法だと、メッセージの発信地はタドモールだと大使館にはわかりますか？」

バーニーは不審そうな顔つきをした。

「ええ、それはわかりますけど？」

彼女は立ち上がった。

「ちょっと考えてみますわ、バーニー。どうもありがとう」

彼はうなずいて、好奇心に満ちた顔で彼女をちらっと見てから、テントから出ていった。

「なぜ考えなければならないんです？」

とジョーが聞いた。

ミセス・ポリファックスはため息をついた。

「昨晩はちょっと考えが足りませんでしたわ。できると思ったのですけれど……。タドモールからメッセージが送られれば、大使館にわたくしたちの居場所がわかります。いえ、わたくしがどこにいるか、バレてしまいます。じつは火曜日に大使館で大使にお会いすることになっていたの。大使じきじきアマンダ・ピムの死にお悔やみをおっしゃるということで。わたくしたちが現れなかったので、おそらく大使館はホテルに電話をし、部屋に荷物はあるけど人はいないということがわかったにちがいないわ。わたくしたちがシリアに来たほんとうの目的は、大使館は知らないのです。わたくし、アマンダ・ピムの叔母ということになってますのよ。あなたの、だけではなくて」

と言って、彼女はにっこりした。

「また、大使館はアマンダ・ピムが生きているかもしれないという噂も知りません」と言うと、彼女は首を振った。「彼らに知られるわけにはいきませんわ」と言って、強調するようにもう一度繰り返した。「絶対に。警察につつぬけですから。警察はパルミラまではついてきましたけど、ここまではついてきていません。少なくともまだ」とつけ加えた。

「ぼくはただ、月に二度、レストランの前でアブドゥルと他愛のない話をしただけだったのに」と彼は恐ろしそうに彼女をみつめながら言った。「それで、あなたの友人のファレルという人は？」

彼女は返事をしなかった。

「さっきロビンソン博士にお手伝いすると言いましたので」

と言うと、ミセス・ポリファックスはジョー・フレミングが質問を繰り返す間もあたえずに立ち去った。

その日は長くて暑い、退屈な日になるところだった。手伝うことができて彼女はうれしかった。発掘現場の断面図を見せてもらった。ピカソの抽象画のように見えた。新しい地層が出てくるたびに記録し、日付をつけ、表示板をつけなければならないことを学んだ。彼女は、細かい網を張った平らなスクリーンの上に、シャベルかコテでそっとのせられる土の中から小さな物や破片を選り分ける仕事をあたえられた。昼食のあと、今度はエイミー・マディソンの手伝いをした。長いテーブルの上で、ジグソーパズルのように割れた器の破片を組み合わせる仕事だった。日干しレンガの建物は野外事務所で、発見された物はここにしまわれ、夜は鍵をかけて保管される。正真正銘の宝物殿だ。宝物の破片はエイミーによって丹精込めて集められ、元の形になぞって置かれている。粘土の器の破片、文字板、骨、ブロンズの小さな像、石のネックレス、それに当時の通貨コイン……。

そして、午後になるとロバの群れが大小の石ころの道を歩いてキャンプまで水を届けてきた。ロバを連れてきた二人は、グレーの長い巻き布と黒い上衣、頭に白いターバンを巻いていた。

「あれは近くの村から運んでくれるのよ」エイミーが教えてくれた。「水はもちろん煮沸《しゃふっ》して使います。ひよこ豆とファラフェルと呼ばれる豆のケーキに飽きると、ときどき、村の人にたのんで羊肉を料理してもらうの」

「あの人たちは羊飼いなの？」

とミセス・ポリファックスは驚いて聞いた。

「ええ、そう。羊も飼っているの。村には百頭くらい羊がいるのじゃないかしら。ワジのまわりの草の茂ったところに放牧しているわ。草がなくなると、次のところへ移るのよ。でも羊肉はまさにわたしたちにとって恩恵よ。シシカバブにして食べるの」

「楽しみですわね」

とミセス・ポリファックスは言った。

働き疲れたその日の午後、ジョーがグッドニュースをもってきた。彼女を少し離れたところに呼んでささやいた。

「成功しましたよ！」

「なんのこと？」

「ランドローバーですよ！　明日のお昼、十二時から二時まで。博士は昼寝《シエスタ》の時間ならいいと言ってくれました」

「すばらしいわ！」彼女は小躍りした。「ああ、ありがとう、ジョー。あとはあなたの魔法でガイドを呼び出してくれれば、もうなにも言うことはないわ」

ジョーはおかしそうに笑った。

「ガイドならもう呼び出しましたよ。ぼくです。ロビンソン博士はぼくが叔母さんを案内するのならということで、車を貸してくれたのですよ、大事なランドローバーを」

彼はいたずらっぽく目を輝かせた。

「心配しないで。ぼくはすごくいいコンパスを持っている。それにイーグルスカウトで少年時代大活躍した経歴の持ち主です。悪くないガイドだと思いますよ」

ミセス・ポリファックスはほほえんだ。

「わたくし、いまあなたを抱きしめてキスしてあげたい気持ちですわ。でも恥ずかしいでしようから、やめておきます。ほんとうに手伝いの手をさしのべてくださっているのね」

「いや」と彼は首を振った。「広い砂漠を車でまわって、あなたが挑もうとしていることがいかに無謀か、見せてあげたいだけですよ」

彼女は重々しく言った。

「わかりましたわ。それでは、明日のお昼に」

第七章

その晩ミセス・ポリファックスはエイミー・マディソンのテントに寝た。ジョーによればタフで食えないおばさんということだったが、とても気のおけない人だと彼女は思った。五十代で、金髪、ガラガラ声、服装にはまったくかまわない。オーストラリア人で、ウマイヤ朝に関する本を一冊出版していた。

おしゃべりにはまったく関心がないようだった。それがミセス・ポリファックスにとっては心休まることだった。朝、ロビンソン博士にランドローバーを借りたい一心で熱心に話しかけ、そのあと一日中、炎天下で作業をしたあとなので、ただひたすら休みたかった。

翌朝、彼女はもう一日がんばることにした。こんどはジュリー・ローウェルの手伝いをして、豆のケーキのファルフェルを作った。それをパンの中に入れて、ソースで味付けして食べる。早くも太陽が高くのぼって真っ白に輝いているのを見て、ミセス・ポリファックスはひたすら昼寝《シエスタ》の時間を待つことにした。

ジョーがランドローバーをエイミーのテントの前につけたとき、作業員たちは日陰でタバコを吸っていたが、他にはだれもいなかった。

「さ、出発だ！」

彼女が助手席に乗り込むと、ジョーは地図を広げた。

「さっきからチェックしていたんだけど、行ってはいけないところがあるんですよ。それがどこなのか、よくわからないんです。このキャンプからまっすぐに南に行ったら、ちょっとめんどうなことになるかもしれない」

「どうしてです？」ミセス・ポリファックスが聞いた。

彼は心配そうに言った。

「噂によると、南のほうにどうも何カ所か軍隊の訓練キャンプがあるらしいんです。これもまたぼくが伝えた噂の一つで、もしほんとうならきっとあなたのご存じの人たちはすでに知っているでしょう。西には行きたくない。ハバジェブによく知られた軍隊の駐屯地がある。ここから三十五キロほどのところです」

「あなたはどうしてそんなことを知っているの？」

ミセス・ポリファックスが聞いた。

「ここはとても貧しい国なんです。ときどきこのキャンプの中でも物が盗まれる。それを報告に行くことがあるからです。盗まれるのはたいていは食糧だけど、ときどき石油缶などもある。少しでも価値のある物は部屋に入れて鍵をかけて見張りをつけるんです」

地図をのぞき込んで彼女は言った。

「その大文字で書かれている長い名前はなにかしら？」

「バーディヤ・シャーム、アラビア語でシリア砂漠のことです。車は二時間しか借りられません」と言って、彼はミセス・ポリファックスを見た。「こうしたらどうでしょう。まず、南東に向かって車を走らせる。南ではなく。それから西に向かう。そこら辺を見てから北へ方向を変えて、このキャンプへ戻る。これでずいぶん見ることができると思うし、時間内に戻れると思う。どうですか？」

「けっこうですわ。とても効率的に聞こえます」

彼はエンジンをかけ、走り出した。野外事務所と野外簡易トイレを通り過ぎてまもなく、広く平らな砂漠に出た。遠くに熱気で霞んだ山脈が見える以外は、まったくなにもない。どこまでも砂地が続いている。ミセス・ポリファックスはすでに砂漠とはたいていの場合細かな石や砂利であって、広告や映画で見るような、風に吹かれて飛ぶ細かい金色の砂などはめったにないということを学んでいたので、車の揺れに備えて体をしっかりと固定させてつかまった。

「まるで月面風景ですわね。この方向に行ったら、羊がいるかしら。バジール・マモウルに会える可能性が少しでもあるかしら」

「いや、ぼくはこっちの方向には一度も来たことがないのでわからない。でも、なんだかちがうような気がするな。あなたがやってきたタドモールからデリゾールまでの高速道路付近では、羊の群れを見かけることがあるけど。羊の群れが道路を渡るとき、車を止めるんですよ。でも、向こうには別のときに行きましょう。ロビンソン博士が車を貸してくれれば。でももしそのバジール・マモウルという羊飼いが、ほんとうにあなたが探している女性を見かけたのなら、それは高速道路や村々からかなり離れたところじゃないかな。それにバジール・マモウルはわれわれのキャンプに水をもらいに寄ったのだから、おそらくこっちの方向を、それも砂漠の奥にまで行ったということじゃないかとぼくは思うな」

　ミセス・ポリファックスはうなずいた。

「その女性は、どんな人なんですか？」と彼は聞いた。「アマンダとかいう名前しか聞いてないけど？」

「ええ、アマンダ・ピム。彼女についてはほとんどなにもわかっていないのよ。ペンシルバニア州の小さな町の出身で、母親がなくなったのは最近らしいけど、父親はだいぶ前になくなっている。彼女の写真は危険なので持ってこなかったの。どちらかといえば平凡な二十三、四歳の女性で、正直言って、とても地味な人ね」

　話はそれまでで、あとは沈黙が続いた。ランドローバーは必要最小限の装置だけを残して軽くされていた。キャンバス地で屋根のおおいはあったが、フロントガラスはなかったのでときどき突風が彼らの顔に砂を吹きつけた。三十分ほど車を走らせたころ、地面がでこぼこし始め、遠くに砂地が盛り上がっている一帯が見えてきた。石つぶが大きくなってきたためか、車はがたがた揺れだした。

「タイヤはだいじょうぶ？」ミセス・ポリファックスが心配そうに聞いた。「もしタイヤがパンクしたら、スペアのタイヤは……。あっ、見て」

行く手に緑の草地があった。

二人は車を止めて、草の生えているところに降りた。

「羊がここにいたんだ」

とジョーは乾いた羊の糞を手にとって言った。

「でも最近じゃありませんね。草もあまり残っていないし」

とミセス・ポリファックス。

「ええ、おそらくここの草を食べ尽くして次に移ったのでしょう。それにここしばらく雨が降っていないから伸びていない。いやあ、なんだかおかしいな」と彼はくすくす笑って、ミセス・ポリファックスを振り向いた。

「ぼく、なんだか探偵のような気分ですよ」

彼女はにっこりほほえんだ。

「ええ、新しい会員大歓迎よ！　それじゃ、続けましょうか。西の方角に向かうことを考えると、三十分しかありませんからね」

彼らは車のスピードを落として、羊が放牧されそうな草地を探しながら進んだ。遠くから見えた地面が盛り上がっている一帯に近づいたとき、ミセス・ポリファックスが声をひそめて言った。

「あの小高いところになにか表示板のようなものがあるわ、ジョー。見える？」

「それに針金のフェンスをぐるりとめぐらせている」と言って、彼は近寄り、車を止めた。

車の中から目を凝らして表示板を見て、首を振った。「残念だな。読めない。ぼくのめがねの度が合わないんだ」

「アラビア語、かしら?」

彼らは車を降りて近づいた。

「まあ。アラビア語だけではないわ」

音符のようなアラビア語の文字の下に、フランス語と英語で書かれていた。

〈オフ・リミット。立入禁止〉

二人は顔を見合わせた。そしてミセス・ポリファックスが言った。

「あなたは車の中で待っていなさい」

「そんなバカな。いやですよ」とジョー・フレミングは即座に言った。「ミセス・ポリファックス、地面を這えますか」

「もちろんです」

とミセス・ポリファックス。

彼らは腹這いになって丘の上まで行き、向こう側をのぞいた。

「テントがあるわ」

と彼女はささやいた。

「ベドウィンじゃないな」とジョーが言った。「ベドウィンのテントは黒い山羊の皮でつくられている。このテントは軍隊のだ」

「そうとはかぎらないわ」と彼女はささやき返した。「あなたがたの遺跡発掘キャンプのテントだってカーキ色よ。でもここには小さいのが四つしかない。そして大きくて長いテントが二つ」

「ありがたいことにこの丘からはだいぶ距離がある」とジョーが言った。「人っ子一人見えない。もぬけの殻じゃないかな。だれもいないようだ」

ミセス・ポリファックスは疑いの目でキャンプを見た。ここを囲む円形の丘は人間が作ったものだ。絶対に自然のものではない。キャンプをぐるりと囲んでいる土の盛り上がりは、まるで大きな馬蹄のようだ。古代ローマの円形競技場のように見える。ところどころに灌木の茂みがある。生育不良の木々や、ひざまでの草も生えている。暑い。空には雲一つなく、真っ青だ。遠くに鷹のような鳥が飛んでいるのが唯一、この静かで生命の存在が感じられないところでの例外だった。

「ジョー、望遠鏡を持ってらっしゃる？」

とミセス・ポリファックスが聞いた。

「そうだ。すっかり忘れていた。持ってます。いまとってきますよ。バックパックの中に入っていますから、ついでに水とパンと地図も持ってきましょう」

戻ってくると彼は望遠鏡をミセス・ポリファックスに渡した。

「なにを探しているんですか？」

「なにかが動いたような気がするの」

「動いた？　このだれもいないところで？」

「そう、動いたと思うのよ」

と言って、望遠鏡を目に当てて調節し、すぐに息をのんだ。

「なに？　どうしました？」

とジョーがささやいた。

ミセス・ポリファックスは望遠鏡を彼に渡した。

「迷彩色の服を着た四人が座っているのよ。テントのすぐそばに一列に並んで。そしてこっちのほうを見ているの。わたくしたちを見ているのでなければいいけど。かなり離れてはいるから裸眼では見えないでしょうけど」

ジョーはめがねを拭いてから望遠鏡をのぞき込んだ。そして唇の間からヒューと低い口笛を吹いた。

「ほんとだ。手になにかノートのようなものを持っている。灌木や草や木を見ているようだが……いや、待てよ、なにか書いているようだ。そう、あなたの言うとおり迷彩服を着ている」

彼女は眉をひそめた。

「どういうことかしら？」

彼は迷わなかった。

「ぼくたちはすぐにこの場を離れるべきだということですよ」

「なぜ？」

「なぜなら、ここは狙撃手《スナイパー》を訓練する秘密キャンプだと思うからです。バーニーに聞いたらいい。彼は軍隊に入っていたから狙撃手のことを知っていますよ。ぼくたちのいるこの場所のすぐ近くにだれかが隠れているかもしれない。狙撃手の訓練はゲームのようなものなんです。あの四人は目に見えるものすべてを書き止めているんです。慣れない新人はあまり細部が見えないものらしい」

と言って、彼は体を引いた。

「彼らの目にとまりたくない」

ミセス・ポリファックスはまた彼の望遠鏡に手を伸ばした。

「もう一度だけ見せて。なにかが動いたと思ったところを見たいのよ」

一度しっかりのぞき込んで、うなずき、彼女は望遠鏡を返した。

「あなたの言うとおりです。ここから二つ目の灌木の下からブーツの先がのぞいているわ。ここからはよく見えるけど、向こうからはほとんど見えない角度だわ。わたくしたちのほうが近いですからね。わたくしのところからも少し体をひねらないと見えませんもの。そして、あの切り株のところに鳥が一羽。動かないからもう死んでいるのでしょう」

彼女は急に身震いした。

「望遠鏡がもっと遠くまではっきり見えるものだったらよかったのに……」

「もう行きましょう！　おねがいですよ、ミセス・ポリファックス。すぐに出発しなくちや」

とジョーが急《せ》かせた。

「そしたら、あの四人の顔がはっきりと見えたでしょうに」

と言い足し、もっと高倍率の望遠鏡はないのだからしかたないとあきらめて、ミセス・ポリファックスは丘からすべるように後ろ向きに落ちてランドローバーに戻った。いま見た人々のいるところから十分に離れているにもかかわらず、見つかりはしないかと心配になった。

車のそばまで来たとき、ミセス・ポリファックスが少し離れた地面を指さした。

「ジョー、あれはなにかしら？　たき火の跡のようだけど。地面が黒くなっているし、なにかを燃やした跡に見えるわ」

「夜寒くて火を燃やしたとか料理した跡じゃないですか。行かないで」と彼はたのんだ。「まっすぐにキャンプへ戻るんです。ここは危険だ。もし見つかったら殺されますよ。殺されはしないまでも捕まえられる」

しかし、ミセス・ポリファックスはすでに黒くなった地面のところまで行っていた。

「なにかしら。濃紺の紙のようなものが灰の中からのぞいているわ。なにか、燃え残ったものだわ。コテとかナイフとか持ってらっしゃらない？」

「なにも持ってませんよ」とジョーは苛立って言った。「シャベルもない。立入禁止の軍事訓練のキャンプに入り込む許可証もない」

ミセス・ポリファックスは素手で灰の中に手を突っ込んだ。そして燃えかすの中から、小さな三角形の固くて光沢のある濃紺のビニール加工した紙切れを引っぱり出した。切れ端の隅に汚れた文字が見える。英語のT。金色の文字だ。彼女は顔をしかめた。

「変ね」

「なにがですか？」

ジョーはイライラしながらも聞かずにはいられない。

「この紙の感触。なんだかおぼえがあるような気がするわ」

彼女はその紙を裏返してみた。裏は真っ黒に焼けていたが、文字が二つ、数字が三つかろうじて残っていた。彼女はそれを見つめた。

「おねがいですよ、ミセス・ポリファックス。もう行きましょう」

とジョーが後ろを振り返りながら、懇願した。

彼女はやっとうなずいて、車に戻った。ジョーはさっそくエンジンをかけ、車を走らせた。そのまま二キロほど走らせてからやっと車を止めてミセス・ポリファックスに話しかけた。

「それで？　さっきからハンドバッグに手を入れていったいなにを探しているんですか？」

「パスポートよ」とやっと見つけてバッグから取り出しながら彼女は言った。「ほら、ごらんなさい！　おなじ濃紺よ、そしておなじ材質だわ。そうだと思いました。どうも、見覚えがあると思ったの。パスポートならわたくし、何度も手に持って感触になじみがありますからね。ほら、金色の文字でパスポートと書かれたスペルの、最後の文字Tを見てごらんなさい」

「それじゃ、あの火で燃やされたのはアメリカ人のパスポートだと言うんですか？」

彼女はうなずいた。

「わたくしのをよくごらんになって」と言って、彼女は自分のパスポートを彼に渡した。

「表紙の裏はビニール加工してあるでしょう？　そこは火に燃えやすい部分よね。表紙のTの文字の真後ろにはなにが書いてあります？」

「USA、リード＝ポリファックス、エミリー。その下にパスポートナンバーが続いています」

「そうでしょう？　それじゃこんどは、わたくしが灰の中から見つけた切れ端を見て。Tの後ろに当たる部分になにがあります？」

「真っ黒でほとんど読めない」とジョーは顔をしかめた。「YMかな？　その下に数字が三つ。そのほかは読めない。これは、なにか意味があるんですか？」

彼女はうなずいた。

「ええ。アマンダの名字がピムで、PYMとスペルするということを知っていたら、おおいに意味があるとわかりますよ。その切れ端をわたくしのパスポートの上においてごらんなさい。ほら、ちょうどわたくしの名前のところにぴったりでしょう？」

「驚いたな。それじゃこれは彼女のパスポートだと思うんですね？」

「バジール・マモウルの話だと、彼もわたくしたちと同じように小高い丘から見おろしたのですよね」

「もうぼくの理解能力の限界を超えている。あなたはほんとうに彼女があのキャンプにいると思うんですか？」

「そのようにはまったく見えませんけど、その可能性があります」と言って、彼女は眉を寄せた。「でもおかしいですわね。彼らがパスポートをキャンプの外で燃やしたというのが。フェンスからかなり離れたところで、しかもフェンスの外で燃やしている。ずいぶん不注意だこと。もしかするとほかにもなにかあるのかも……」

「冗談じゃないですよ、ミセス・ポリファックス。まさか、まさかあなたは……？」

彼女はほほえんだ。

「わかっています。ご迷惑はかけませんわ。ここまででも、もう十分に親切にしていただきましたもの」

「それはいいですが。いったい、その女性、アマンダ・ピム？　という人はこんなところでなにをしているんですかね？」

「そうね。でもいま、それより大きな問いは、彼女はまだ生きているのか、ということよ」

ジョーは彼女をチラリと見た。

「彼女は七週間前には生きていた。少なくとも、バジール・マモウルによれば、だれだかわからないが、アメリカ人女性が生きていたということになる」

「でも、こともあろうになぜこんなところに？」と言って、またミセス・ポリファックスは顔をしかめた。「なんの目的で？　そしてどうしたら……。ジョー、キャンプにもっと精巧な望遠鏡がありません？」

「ミセス・ポリファックス。はっきり言っておきますが、もう一度、あそこに行くことはできませんよ。危険すぎます」

「わたくしもはっきり言わなければならないことがありますわ」と彼女はきっぱりと、しかしやさしく言った。「わたくしがここに来たのは、彼女を救い出し、アメリカに連れて帰るためなのです。もちろん、生きていれば、のことですけれど」

「一人で？　だれの助けもなく？」

「ファレルはわたくしを見つけてくれます」と彼女は実際に感じているよりも強く信頼しているという言い方をした。「警察はすぐに彼がアメリカ人であることに気づくと思うの。そして大使館もいまごろは知らせを受けているでしょう。ダマスカス空港に着いたとき、大使館からジャコビーという人が迎えに来てくれましたもの。大使館はわたくしたちがシリアにいることを知ってます。それに、わたくしたちは火曜日に大使館で大使に会う約束があったのですもの。もし、ファレルが警察に捕まったことを知れば、公式に抗議をするでしょう」

「それは希望的観測というやつじゃないですか」とジョーは言った。「それに、もし彼が釈放されたとしても、あなたがここにいると、どうして彼にわかるのかな？」

「どうしてって、わたくし、彼のことを知っていますから」そして彼もわたくしのことを知っている、と彼女は心中思った。「おそわれたとき、わたくしたち、こっちに向かうところでした。第五キャンプの場所は彼も知っています。わたくしを探すとしたら、ここしかないでしょう？」

　ジョーは神経質そうな笑いを浮かべた。

「ぜんぜん心配していないんですか？」

「いまはもう心配していません。このシリア砂漠の真ん中でアマンダ・ピムのものらしいアメリカのパスポートが見つかったいまは」

　ジョーは好奇心を持ったようだった。

「どういう人なのかな、そのアマンダ・ピムって」

　と言うと、彼は腕時計に目をやり、車を出発させた。

「テレビのニュースに映った彼女は、ファレルの言葉を借りれば、もっともヒロインらしくないヒロイン。内気でおとなしそう。おどおどしているように見えましたけど、たんに恥ずかしかっただけかもしれないわね。イエスとかノーとしか言わないので、インタビュアーはなんとか彼女に話をさせようと必死でした」

　ジョーが首をかしげた。

「あなたはその人が自分の行為を誇らしげに語るべきだったと思うんですね。満足し、興奮して当然だったと。なんといってもたくさんの人の命を救ったのだから。何人の乗客の命を救ったのでしたっけ？」

「二百三人」

「たくさんの人だ。どうやって救ったのだろう？」

「ハイジャッカーは二人いたの。ダマスカス空港に強制着陸させられた航空機は、条件交渉のために滑走路に数時間止まっていた。突然アマンダ・ピムが客席から立ち上がってハイジャッカーの一人に歩み寄って、銃をくれと言ったらしいのよ」

「うそでしょう、そんな！」とジョーは首を振った。「すごく変ですよ、いまの話は！ぼくはいつも本ばかり読んでいて、世間のことはなにも知らない人間で、人間にはあまり興味がない。ウマイヤ朝のことだけは別ですけど」と言って、彼はにっと笑った。「でも、そのミズ・ピムには興味があるな」

いいわ、とミセス・ポリファックスは実際的に考えた。彼がもっと興味を持ってくれれば、もう一度ランドローバーを借りることができるかもしれない。

もしダメなら、そのときはアルグブのラクダを借りるしかないわ。絶対にもう一度、あそこに戻らなければ。

テル・ハムサ（第五キャンプ遺跡発掘現場）はまだ昼休みの静けさにつつまれていた。どのテントも両側の出口が風が通るように開けられていた。この時間、太陽は真上にあって、影はどこにもなく、カーキ色のテントはカーキ色の地面の色にとけ込んでいた。唯一黒いのは発掘された穴だけだった。

二人が車を降りて歩いてキャンプに入ると、エイミー・マディソンがまっすぐに二人に向かって歩いてきた。

「あなたの名字、ポリファックス？」

ミセス・ポリファックスはうなずいた。

彼女はとげとげしい口調で言った。

「ものすごくいかがわしい男が一時間前にやってきたわ。あなたを知っているんですって。わたしのテントに入れてやったけど、けがをしているのよ」

ここで彼女の顔つきが厳しくなった。

「ロビンソン博士は、こんなに人の出入りが激しいのを決してよくは思わないわよ。だって、みんなに迷惑ですからね」

「男の人？　けがをしているんですって？」

とミセス・ポリファックスは聞き返し、エイミーのテントへ走った。

昨晩ミセス・ポリファックスが寝た簡易ベッドに男が横たわっていた。片腕を首から布で吊っている。閉じた片目の下には真っ黒のあざがあった。ひげは剃っていない。左の頬に切り傷があり、服はぼろぼろだった。

「ファレル！」

と彼女は叫んだ。

彼は片目を開けると、弱々しい声で言った。

「おばちゃまか？」

エイミーとジョーがテントに入ってきた。エイミーが説明した。

「なにも言わずに突然入ってきたのよ。あなたはいるかって。手首にひどい傷をしているわ。

この人を知っているの？」

「ええ、ええ。もちろん、知ってます。わたくしといっしょにシリアに来た人ですもの。ファレル、ああ、なんということ、警察がこんなことをするなんて！」

彼は首を振った。

「いや、警察じゃない」

「警察じゃない？」

ミセス・ポリファックスは聞き返した。

ファレルは起きあがろうとしたが、できず、また横たわってうめいた。

「そう、警察じゃない。だれだか知らないが、連中はぼくらのことをすべて知っている。なぜぼくらがシリアに来たのかも。ぼくはあやうく殺されかけた。おばちゃま、ぼくらがアマンダ・ピムを探し回るのを好まないやつがいるんだ」

第八章

それからの一時間、ミセス・ポリファックスはエイミーのテントでファレルのそばに座って、貴重な水で彼の顔を洗い、ジョーの救急箱から抗生物質の軟膏を持ってきて手首や腕の傷口にすりこんで手当てをした。肩から手首までひどい打ち傷と切り傷があるだけで、さいわい、腕は折れてはいなかった。ファレルは深く眠っていた。ときどき目を開けて、「ああ、おばちゃまか、よかった」と言うと、また眠りに落ちた。

午後もだいぶ遅くなってから、ジョーがテントにやってきた。

「具合はどうかな。食べ物を持ってきましたよ」

「彼はまだなにも食べられないと思うわ」

「いや、これはあなたのために持ってきたんです」

と言うと、ジョーは眠っているファレルをのぞき込んだ。

「これがファレルという人か。ぼくのいとこ、かな？」

「そうよ。それとも兄のほうがいい？」

とミセス・ポリファックスはにっこり笑った。

「食べなければだめですよ。これは昨日の晩の残り物のファルフェルです。安全ですよ。ここにある発電機はディーゼルで作動する小さいものですが、冷蔵庫専用に使われてますから、食べ物はみんな安全です。彼、動けるかな？　エイミーは知らない男が自分のテントを占領しているのが嫌なようなので」

ファレルが目を開けた。

「耳は聞こえるんだぞ。もちろん、歩けるよ」

歩けるとは言えなかった。二人に助けられて彼はジョーのテントに移った。ミセス・ポリファックスはそこで最初の晩に寝た簡易ベッドにファレルを寝かせた。

「これでファレル氏はあなたのもの、ですよ、ミセス・ポリファックス。それじゃ、ぼくは仕事に戻ります」と言って、ジョーは姿を消し、ミセス・ポリファックスはやっとファレルと二人きりになった。

彼女は静かに聞いた。

「あれからなにが起きたの、ファレル？」

「かなり痛めつけられた」と彼は弱い声で話し始めた。「脅かされた。知っていることは全部吐けと。だれの命令でシリアに来たのか、アマンダ・ピムが生きているという情報をどこから手に入れたのか。それから立ったまま柱にくくりつけられた。朝までに言わなければ、殺すなどと……」

彼の目がミセス・ポリファックスのひたいの包帯に止まった。

「おばちゃまはどうやってここに来たんだ？　よかったよ、お互いまた会えて」と言って、彼はにやりと笑った。「やつらがおばちゃまをつかまえなかったのは幸いだった。ここでは女性にはなんの価値もないと考えられているからだろうな」

「ほんとうはそれを聞いて怒るところでしょうが」とミセス・ポリファックスは軽く言った。

「いまは、おかげさまで、と言っておきましょう。それより、そんな体でどうやってここまで来ることができたの、ファレル？」

「タドモールから？　歩いてきた。道路から離れたところを、よろめき、つまずきながら。ゆうべはピックアップトラックにもぐり込んでただ乗りして、三時間はちぢめることができたよ。あとは歩いた。目の下にあざができてる？」

「ええ、そのようよ」

と言ってから、彼女はできるだけさらりと、どうやって逃げ出してきたのかと聞いた。

「まったく運がよかったとしかいいようがない」と彼はまたにやりと笑った。「腰回りをロープで縛られていた。両手も縛られて後ろにまわされていた。ところがその柱から古釘が一本突き出ていた。おそらく百年も前のものだろうが、それでも十分に鋭かったんだ。見張りの一人は眠っていて、もう一人は退屈していた」

「それで……？」

彼はうなずいた。

「ぼくは何時間もかかって手首のロープをその釘にこすりつけた。やつらはなにも気がつかなかった。明け方近く、やっと両手が自由になった。ダマスカスのスークで買った例のナイフ、おぼえているかな？　あれはやつらに見つからずにすんでいた。あのナイフを使ってロープを切った。そして窓から飛び降りて走ったんだ。町外れの人影のない通りだった」

ここで彼はいったん話をやめた。それから顔をしかめて、また話し出した。

「でも、ほかにもあるんだ、おばちゃま」

「なに？」

「頭から袋をかぶせられていたので、彼らの顔はまったく見えなかったが、中の一人が、誓ってもいい、アラビア語と英語にドイツ語を交ぜて話していた。『グーテン・ゴット』と彼が言うのを一度聞いたし、『イッヒ・ハーベ』というような言葉を話の初めに言うのも聞こえた。それからアラビア語に変えたけど。そして一度『アハトゥング』と言うのも。それはぼくだって知っている『注意して』という意味のドイツ語だ」

「ドイツ語とは……」

とミセス・ポリファックスは考え込んだ。

ファレルはうなずいた。

「小さなことだけど、注目に値することだと思わないか、おばちゃま」

「そう。よくわからないけど、なにかありそうね」

「ああ、残念ながら。よくないことのほうに想像が行くね。だが、ぼくはまだ一両日は役に立たないと思う、これもまた残念ながら」

ジョーがテントのフラップを上げて入ってきた。

「いまの、聞こえましたよ。ミセス・ポリファックス、今日のぼくたちの発見をミスター・ファレルに話しました？」

ミセス・ポリファックスは「ぼくたちの」という彼の言葉がうれしかった。とくにそこに込められた誇らしげな調子が気に入った。よかった……。ファレルのほうを見て、彼女は気持ちを込めて言った。

「こちらはジョー・フレミング。わたくし、いまは彼の叔母でもあるのよ。今日は彼のおかげでほんとうに助かりました。なんと言っても、とても重要なものを見つけましたからね」とさりげなく言って、彼女はジョーに目配せした。「あなたがすっかり回復するまでジョーはもう少し手伝ってくれるかもしれないわ」

ファレルはにやりと笑った。

「首になわをつけて引っ張りこんだんだろう、おばちゃま？」ジョーのほうを見たその目は、気に入ったと言っていた。「それで、今日はなにを見つけたんだって？」

ジョーは残念そうに言った。

「もう少しここにいたいんですが、もう休憩時間はおしまいです。あなたをぼくのテントに動かすだけで時間がなくなってしまったので。仕事に戻らなければ、ロビンソン博士は……ま、わかるでしょう？」

彼は急いで出ていった。ミセス・ポリファックスは借りるのに苦労したランドローバーで出かけた二人がなにを見つけたかをファレルに説明した。そして話し終わると、自分のパスポートと燃え残ったパスポートの一片を取り出して見せた。

その両方を見比べながら、ファレルはうなずいた。

「ブラボー、おばちゃま。確かにこれはパスポートの燃え残りだ。それもアメリカのパスポートにまちがいない。それにYMという文字も確かに読める。その疑わしいキャンプはここからだいぶ遠いのかな？」

彼女はうなずいた。

「戻り道、走行計を見てました。だいたい三十五キロぐらい、地図の上ではここから斜めに南南東に行ったところよ」

「もう一度見つけられると思う？」

「見つけることができればいいと思ってます」と彼女は慎重に言った。「あの火でほかになにを燃やしたのか、見たいの」

ファレルはうなずいた。

「ダマスカスのスークの我らが友人オマールが語ったところによれば、そのキャンプの野外トイレはおばちゃまが様子をうかがった小高い丘のすぐそばにあったようだ。単に地面に穴を掘っただけのものだったのではないかと思う。なにかそれらしきものは見えた？」

彼女は首を振った。

「とくにそれを探しはしませんでした。とにかくわたくし、すっかり驚いてしまって。それにジョーがひどく怖がって、帰ろう帰ろうとうながすので、長い時間そこにいられなかったのよ」

　ファレルは考え込んだ。

「なにかを燃やした跡があったというのが、この話の一番重要なところだ。もしかすると、アマンダ・ピムはほんとうにそこにいるかもしれない。彼女の所在こそ国務省やカーステアーズが知りたいことだ。しかし、同時にこれはすごく危険なことだ。バジール・マモウルが言ったことを忘れちゃダメだ。おばちゃまとジョーが今日キャンプをのぞいた丘の上と野外トイレの位置は、とても近いということ。つまり、トイレを使う者がひょいと見上げたりしたら、様子をうかがっている者が見えるということだ」

　そう言うと、彼は包帯をした手首を見て、嘆いた。

「まったく。いっしょに行動するには、あと少なくとも一日は休まなければならないとは。でも、一人で行動してはだめだよ、おばちゃま。ぼくを待ってくれ。危険すぎるからね」

　彼女はなにも言わなかった。ファレルはまだ思考力が戻っていない。もし、考えることができれば、彼らには待つ余裕などないことがわかるはずだった。彼がタドモールから命からがら逃げ出してきてから、四十時間ほどたっている。この間、あの男たちは捜索範囲をタドモールの外にまで広げたに決まっている。彼らがここまで探しにくるのはもはや時間の問題だ。一刻の猶予もならなかった。すぐに行動を起こさなければならないときなのだ。ここで彼らにみつかるのは破滅的なことだった。ロビンソン博士と彼の仕事にとっても、ミセス・ポリファックスとファレルにとっても、また、アマンダ・ピムの所在を探るうえでも致命的なことだった。

ミセス・ポリファックスはそっとファレルに言った。

「ゆっくり休んで。そして早くよくなってちょうだい、ファレル。心配しないで」

そう言って、彼女はテントを出て、ラクダのことを聞こうとジョーを探しに行った。

「ミセス・ポリファックス、あなたって人は、まったく、なんて人なんだ。もう、信じられないよ！」

第二作業現場の穴の中からはしごを登ってジョーが出てきた。

「ラクダだって？　しかも夜に？」

ミセス・ポリファックスは引き下がらなかった。

「しかたがないじゃありませんか。昼間は行けないでしょう？　今日の昼間はラッキーでしたけど、昼間はみつかる危険があります。それにこんどはわたくし、あの燃やした跡を調べたいの。なにか出てくるかもしれない。それにあの火の跡、すこしおかしくありませんでした？　まるで、いらないものを集めて火をつけて、そのまま放置したような感じ。あのパスポートが焼けきっていなかったということは、ひょっとしたらまだなにか残っているものがあるかもしれない。なにか燃えなかったもの、燃え残ったものがみつかるかもしれないわ」

ジョーは頑固だった。

「砂漠には火種になるものがあまりありませんからね。せいぜい動物の乾いた糞と小枝ていどだ。でもとにかくラクダはだめですよ。何時間かかるかわからない。歩みがゆっくりですからね」

「それじゃわたくし、歩きます」

彼はおもしろそうに彼女を見た。

「それ、脅迫ですか、カーレ・エミリー？」

「カーレ？」

「アラビア語で叔母さんの意味です」

「脅迫者と呼ばれるなんて、心外ですわ」

「きっとそうでしょう」と彼はくすっと笑った。「ランドローバーを借りることにしますか。必要なら、暗くなってからこっそり使うこともいといませんよ。そして例の場所から二、三キロのところに止めて、そこから歩きましょう」

「歩きましょう？　あなたも来てくださるの？」

「ええ、ここまで手伝ったら、行かないわけにはいきませんよ。それにぼく、好奇心がうずくんです。今晩は月夜です。まだ満月には二日ありますけど、月の光で砂漠を歩くには十分なほど明るくなるはずです。ロビンソン博士はミセス・ポリファックスになんの疑いも持っていないし、ぼくもまた、時間どおりに車を返したから、博士の心証はいいはず。そういうことにうるさい人ですから。あなたが月の光に照らされた砂漠が見たいと言っていると話してみます」

「何時に出かけられるかしら？」

「彼がイエスと言ってもノーと言っても、仕事が終わってから、そう、七時ではどうですか」

「よろしいわ。では七時に」とミセス・ポリファックスは言った。「ところで、キャンプの人たちはファレルの到来をなんと思っているかしら。足を引きずって、血を流しながらやってきた、見知らぬ男をあやしんでいるのでしょうね」

「彼は高いところから落っこちた、と言っておきましたよ」

「落っこちた？」

「そう、高い壁から」

「それで？　みんなそれを信じたのかしら」

「それはわからない」と彼はにやりと笑った。

「しかし、ロビンソン博士は信じます。彼の頭には、いつもならぼくもそうなんですが、ウマイヤ朝しかない。じつに学者タイプの人ですから」

と言ってから、彼の顔は曇った。

「気をつけなければならない。ここにいるぼくらはみんな、政府のチェックに合格した者ばかりなんです。ロビンソン博士に迷惑をかけてはならない。明日、ぼくは博士にあなたとフアレルのためにキャンプの外に別のテントを建てることを提案してみるつもりです。少し距離をおくのです。ぼくの言う意味、わかるでしょう？　叔母さんといとこは数日の客、それもいとこのけがが治るまで、ということにするほうがいいと思うのです」

ミセス・ポリファックスはにっこりとほほえんだ。

「わたくし、あなたがますます気に入りましたわ」

彼はにんまりした。

「子どものときにやりそこねたいたずらを、二十七歳のいま、いっきにやってしまうような気分ですよ」

「いたずらっ子ではなかったの？」

彼は首を振った。

「母も父も、歴史学の教授です。ぼくはずっといい子で、親に反抗するなんてこと、一度もしたことがなかった。そんなことをしたら、親はただ困るだけだったでしょう。別の世紀に生きている両親に、どう反抗できると思います？　ぼくの反抗は、ウマイヤ朝を専門にすることでした」

「ウマイヤ朝……。いつの時代の人たちですか？」

彼は即座に答えた。

「紀元六六一年にこの国を制覇し、ダマスカスに首都をおいて、一大勢力を築き上げたのですが、七五〇年にアッバス王（アッバス朝〈七五〇～一二五八年〉を築いた）によって滅ぼされた一族です」

「そう……。それで、あなたは一人っ子？」

彼はうなずいた。

「それじゃ七時に。ロビンソン博士には夕食の席で働きかけてみます。例のごとく」

「わたくしは失礼しますわ」

と言って、彼女はファレルの待つテントへ戻った。そしてよく彼を観察した。逃亡に成功したことに祝福の言葉をかけても意味がないと、彼女は知っていた。彼女自身、一度香港で拷問されたことがあった。いまでも背中に傷が残っている。そして救出されたときの、自分の精神状態をいまでもはっきりおぼえている。幸いにもそれは一時的なものだったが、いまファレルに必要なのはふつうの状態、なじみの顔、仕事、そして人間が人間にあたえうる最悪の事態を経験した者だけが陥る状態を癒すための睡眠である、と彼女は知っていた。

ファレルは気がついて、彼女に目であいさつした。ふだんの彼の強さを知っているから、回復が早いことを彼女は心から祈った。

「ベッドのわきに食べ物と水がおいてあるわ。わたくし今晩、一、二時間、出かけてきます。ジョーの叔母さんで観光客ということになっているので、月光の砂漠を見なければならないのよ」

ファレルは疑わなかったのか、それについてはなにも言わなかった。

「それじゃ、ジョーに言ってくれ。戻ったとき静かにしてくれと。ぼくは眠りに眠るつもりだから。明日、少しでも使いものになるように。眠りはぼくの妙薬なんだ」

ジョーがどうロビンソン博士を説得したのかわからないが、とにかく車を借りることに成功した。ランドローバーが七時ちょうどにテントの前に停まった。ジョーの隣の助手席に座ろうとして、彼女はそこに布がおいてあることに気づいた。

「これ、なにかしら？」

「ジェラバですよ」とジョーが言った。「ムスタファとアルグブに借りてきたのです。叔母さんに着せたら月の砂漠できっとぴったりだ、と冗談を言って。ぼくの分もある。もちろん、ほんとうは遠くから見られた場合のカモフラージュ用ですよ」

「ジョー、わたくし、時間を追うごとに、あなたのお人柄に深みを発見するわ！」

彼はそれを聞いてうれしそうに笑った。

彼らはすぐに出発した。その日の昼間向かったのと同じ方向にヘッドライトをつけてしばらく走ってから、彼は車を止めた。

「ここからは歩きましょう」

月は天に高くのぼっていた。やわらかい月の光が星の光よりも強く砂漠を照らした。空気はひんやりして気持ちよかった。ミセス・ポリファックスは黒いウールの古いジェラバで肩をつつんで、借りてきてくれたジョーに心の中で感謝した。借りた車、借りたジェラバ、そして土を掘るためにスプーンも借りてきた。なにもかも借り物……と思ったが、夜の砂漠を歩きながら、不思議に平和な気持ちだった。

「あのキャンプに明かりが灯されているかしら」

と彼女はささやいた。

ジョーは首を振った。

「いや、明かりは見えないと思う。電気がないことは確実です。発電機を持っているかもしれないが、おそらくはぼくたちと同じように石油ランプでしょう。あの小高い丘になっている周りの盛り土は高すぎてなにも見えないんじゃないかな」

ミセス・ポリファックスはハンドバッグをエイミーのテントにおいてきたが、ジョーは小さな麻袋を持ってきた。遠くに小高い丘が見えてきたとき、彼らは黒い円形の焼け跡を探し始めた。月の光は十分ではなく、やっとミセス・ポリファックスが黒い土の痕跡を見つけたときには、貴重な時間が二十分も失われていた。彼女はすぐさまその場に座り込み、スプーン片手に掘り始めた。ジョーは後ろに立って、見張っていた。どんどん深く掘って、砂でも小石でもわけのわからない小さな物体でも、次々にジョーが広げてくれる袋の中にスプーンですくって入れていった。黒い焼け跡の外まで掘る範囲を広げると、ジョーが後から小石や砂をなげて地面にできた穴を埋めてくれた。

「もういいでしょう！」

と言うミセス・ポリファックスの一声で、ジョーは袋を肩にかついだ。

「うん、古代遺跡に入り込んだ墓荒らしの盗人たちさながら、というところですね」

とジョーが言った。二人は後ろの小高い丘があたりの暗闇に包み込まれるまで足をゆるめずに歩き続けた。

第五キャンプに戻ったときは、すでに十一時を過ぎていた。発掘現場はテントの間におかれたランプの放つやわらかい光がところどころにあるだけで、静まり返っていた。警備の男が野外事務所の外のベンチで寝ていたが、ランドローバーの音を聞いて起きあがった。ジョーがアラビア語であいさつすると、男は安心してふたたび横になった。

「篩《ふるい》が必要だな、たんなる土と、情報を持っているかけらとをふるい分けるために。疲れましたか」

とジョーが聞いた。

「いいえ」

と彼女はうそをついた。ひたいの傷がふたたびずきずきと痛みだしていた。四十八時間前にここに来たのだわ。ファレルと同じようにやっとの思いで。いつものエネルギーを使い果たし、いま彼女は使ってはならない非常用のエネルギーを燃やしてなんとか動いていることに気がついた。それと愛しいアドレナリンと、と彼女は思った。でも、それを口に出して言うつもりはなかった。

「大丈夫よ。どっちみち、あの灰の中になにが残されていたかを知らずに眠ることはできませんもの。篩はどこにあるの？」

ジョーは第二発掘現場近くの地面で篩を一つ見つけた。彼らは麻袋と篩を持って、近くの石油ランプのそばに行った。

「ぼくたちは毎日、篩を使って作業しているんです。来る日もくる日も飽きることなく」

と言って、ジョーは袋からひとつまみ、灰を取り出し、篩の上にのせた。

「見て、紙よ！」と突然ミセス・ポリファックスが叫んだ。「ほら、細かな白い紙が見えるわ！」

「ほんとうだ！」

ミセス・ポリファックスは頭にかぶっていた白いスカーフを脱いで大きく広げた。ジョーはすくった紙切れをつぎつぎにその上に落とした。麻袋の中味をぜんぶ篩にかけ終わったころには、焦げた白い紙の切れ端の小さな山ができた。

「でも、これは、パスポートではないわ」

と彼女はつぶやいた。

ジョーは焦げ跡のある小さなしわくちゃの紙切れを取り上げた。そしてそれを見るなり、歯の間から低い口笛を吹いた。

「パスポートはなかったけど、どこかにアメリカ人がいることは確かですよ！　見てごらんなさい！」

ランプの光で彼女が見たものは、英語の活字だった。本からのものだろうか。目を近づけると、「エミ……の詩」と読めた。その下に「わたしは……」とあったが、あとは火に飲み込まれて焦げ跡しかなかった。

疲れきって、ただひたすら休みたかったミセス・ポリファックスは、泣き出したい気分だった。

「英語……」

と彼女はささやいた。

ジョーはまたもう一枚、紙切れを取り上げた。

「おっと、ここには手書きの文字がある。『……と教えられ……』」と言って、残りの紙の切れ端の山を見た。「これは、ウマイヤ朝の遺物の器の破片をつなぎ合わせる作業とおなじようなものですよ」

と言って、ミセス・ポリファックスの顔を淡い光の中で見たとたん、ジョーは収穫のことも忘れてしまった。

「ミセス・ポリファックス、ひたいの包帯がとれて、血が流れていますよ！　疲れているんだ。砂漠になんか……。とにかくもう寝てください！」

「ええ、あなたの言うとおりにしましょう」

と彼女は弱々しくほほえんだ。

「残りはぼくがやりますよ。ジグソーパズルが大好きですから、あの紙切れの山からどんなメッセージが読みとれるか、やってみます。ミスター・ファレルを起こさないようにテントの外で懐中電灯を使いますからだいじょうぶ」

彼はミセス・ポリファックスの腕をとって立ち上がらせ、エイミーのテントまで連れていった。

「ミセス・ポリファックス、遠慮せずに疲れたと言ってくれれば……。ぼくもバカだった、もっと早く気がつけば……。ちくしょう、あ、失礼。どうぞ眠ってください。必要なら、明日は一日中寝ていてもいいんですから、カーレ・エミリー」

「ありがとう」

と彼女は礼を言って、暗いテントの中に入った。そして眠っているエイミーをチラリと見てから、服も脱がずに横になると、たちまち眠りに落ちた。

第九章

ビショップがヨルダンの首都アンマンからの電話を受けたのは、午前十時だった。ＣＩＡヨルダン・オフィスのローリングスにちがいない。

「少々お待ちを。いまもう一方の電話に出ていますので」

とビショップはかけてきた電話の主に断った。

立ち上がると、彼はカーステアーズの様子を見に行った。キャフェテリアにランチの配達をたのんでいるのか、それともまだスーダンのジェーコブ・ムボロと話しているのか確かめたかった。最近スーダンからの電話、スーダンへの電話がひんぱんになった。スーダンのことをあまり知らないビショップは興味がわいて、図書館で少し調べたところだった。カーステアーズは面倒くさがらずによく教えてくれた。

「アフリカで国土が一番大きい国だ。人口は少なく、貧困に苦しんでいる。単純な説明になるが、だいたい真ん中の首都ハルトゥームに横線を引くと、上半分がアラブ系でイスラム教徒が多く、下の半分は土着の人々で、キリスト教徒もいるしアニミストもいる。そして彼らは独立したがっている。内戦と呼ぶか、ゲリラと呼ぶか、とにかくここ数年激しい戦いがおこっている」

ビショップがドアを開けたとき、ちょうどカーステアーズは「わかった。こっちからなにができるか、しばらく様子を見てみよう」と言って、電話を切ったところだった。ビショップを見ると、カーステアーズは皮肉な口調で言った。「ぼくはひどく年をとってしまったと思うことがある。世界の半分がソ連にバックアップされ、残りの半分がソ連の恐怖におののいていたころのほうが、ずっとものごとが簡単だったような気がするのだ。冷戦がなくなってから、国内紛争が地球的な規模で発生しているよ」

ビショップは遠慮がちに言った。

「外線一番にヨルダンのローリングスからかかってきています」

「あ、そうか、ローリングスのことを忘れていた」と言うと、カーステアーズは声をあげた。「ビショップ、この会話を録音してくれないか。すぐにスウィッチをいれてくれ」

それから外線一番のボタンを押した。

「カーステアーズだ」

ビショップは腰を下ろして、次の命令を待った。

ローリングスはまだ若く、中東での経験も浅い。声が緊張している。

「ミスター・カーステアーズ、この電話にはスクランブルをかけていることをご了承ください」

「そんなに状況がわるいのか？」

カーステアーズが言葉少なに言った。

「いま入ったばかりのダマスカスからの情報です。いつもの手段で」

「そうか」カーステアーズの声が真剣になった。「話してくれ」

「Ａ－５１１からです。コードネームはオマール。次のメッセージをあなたに伝えるようにということです。引用します。『じゅうたんの売れ行きわるし。パルミラに二枚送り込んだ』」。ここでローリングスはちょっとためらい、また続けた。「『ファリークがパルミラで殺された。確認し再確認した。警察が関与しない殺しである。殺人者は観光客にまぎれ込み、逃亡』。これで引用は終わりです」

反応を見せずに、カーステアーズは「ありがとう、ローリングス。それじゃまた」と言って、電話を切った。それから「こんちくしょう、なんということだ！」とどなった。

ビショップが顔をしかめた。

「ファリーク？　その名前のエージェントにはおぼえがありませんが」

「その名前では知られていない。彼はＣＩＡのトップファイルの中にしか名前がない。それほど伏せてきた名前だ」と言って、カーステアーズは机をこぶしでたたいた。「彼はあの国でもっとも信頼できる情報員の生き残りだ。立派な男だ。けっして不用心な男ではなかった。なにが起きたのだろう。なぜ、そしてだれが彼を殺したのか？」

ビショップは懐疑的だった。

「しかし、警察が関与していないというのはほんとうでしょうか？」

「もしA‐511が警察の仕業じゃないと言うのなら、そうにちがいない。オマールの情報筋は確実だ。信用できる。問題は、だれがファリークを殺したのか、理由はなにか、そして彼はパルミラでなにをしていたのか、ということになる」

彼は手を伸ばしてローリングスのメッセージを再生した。

「じゅうたんを二枚、パルミラに送った？」とつぶやき、それからハッとした。「まさか！これは大変なことになったぞ！」

「なんですか？」

「これはオマールがミセス・ポリファックスとファレルに会い、パルミラに彼ら二人を送り込んだという意味にちがいない。そこでファリークに会わせるために」

「そしていま、ファリークは死んでいる……。彼は監視されていたのでしょうか？」

カーステアーズは首を振り、絶望的な声で言った。

「ぼくの知るかぎり、ファリークは疑われてさえいなかったと思う。彼ほどの人物なら尾行がついていたらすぐにわかるはずだ。むしろミセス・ポリファックスとファレルだよ、尾行されていたのは。向こうでは、よくあることだ。ファレルもポリファックスもそれを十分に知っていただろう」

「それならどうして……」

「わからない」とカーステアーズは唇を嚙んだ。「これはまずいことになった。つまりミセス・ポリファックスとファレルには、警察ではない連中がついていたということになる。パルミラは観光地として大きいところだ。警察が二人を見失ったことは十分に考えられる。あるいは二人がそこに一時間から二時間はいるとみて、警官は休憩をとったということも考えられる。いずれにせよ、ファレルとミセス・ポリファックスがファリークと話をしたのが、致命的なまちがいとなったにちがいない」

「しかし、そうなると……」

ビショップは言葉に詰まった。

「そうなのだ」とカーステアーズは唇を固く結んだ。「ダマスカスのチャム・パラスに電話をかけてくれ、そのあとはアメリカ大使館だ」

そのあとの三十分は、ビショップにとって忙しいものになった。ホテルによれば、ミセス・ポリファックスとファレルは火曜日の朝パルミラへ行くといって車の手配をたのんだ。今のところ、二人はまだ戻ってきていない。鍵もフロントデスクにあずけたままになっている。アメリカ大使館に問い合わせると、幾分不愉快そうに、確かに火曜日の午前中アマンダ・ピムの叔母という婦人と連れの男性が大使館に来ることが予定されていたのだが、二人とも姿を見せなかったという回答を得た。

「あの二人はだいじょうぶですよ」

とビショップはできるだけ明るく言った。しかし心の中では不安がムクムクと頭をもたげてきた。

「そう思うかね」とカーステアーズはうなった。「ぼくの結論は、アマンダ・ピムの行方を探しに二人の人間がシリアにやってくることがどこかで漏れた、ということだ。いや、広く知られていたとさえ言えるかもしれない。われわれよりも彼女のことをよく知っている連中に。さらにその上、彼らがアマンダ・ピムには叔母さんはいないということまで知っていたとすれば、よほどアマンダ・ピムを調べあげた連中だ」

ビショップは楽観的な顔を取り下げた。

「それじゃその連中はまだミセス・ポリファックスとファレルを追い回しているのでしょうか?」

カーステアーズは視線をそらせた。

「たぶん。あるいはファリークを殺したあと……」と言って、唇を噛んだ。「ファリークを殺したあと、ミセス・ポリファックスとファレルは彼らの次の殺しのリストのトップに載っているかもしれない」

ああ、神さま、またいつも通り殺人と暴力が始まる、勘弁してください、とビショップは心の中で祈った。

「ということは、つまり、アマンダ・ピムはまだ生きているということを示している。彼女は向こうのだれかにとって、重要な人物なのかもしれない。問題は、なぜ彼女がそんなに重要なのか、だ」

「もし、まだミズ・ピムが生きているのなら……」

ビショップが話し出した。

「しかしいま、この時点では」とカーステアーズはビショップの話をさえぎった。「ぼくにとってはミセス・ポリファックスとファレルのほうがずっと重要だ。ローリングスにまた電話を入れて、ダマスカスのオマールと昼夜通じるように電話をホットライン態勢にしろと伝えてくれ。またなにかニュースがあったら、すぐにわれわれに報告するように言うのだ」

第十章

翌日ミセス・ポリファックスが目を覚ましたときは、すでにエイミーは作業に出かけていて、ファレルがいれたてのコーヒーをもって彼女をのぞき込んでいた。

「ずいぶん遅くまで眠るんだね、おばちゃま。コーヒーをもってきたよ。すごく濃いコーヒーだ。それからさっきジョーから昨夜のおばちゃまの状態はくわしく聞いた。もうだいじょうぶかな？」

「わたくし、あなたよりはずっとラッキーでしたから」

と彼女は軽く応じた。

テントの中は蒸し暑く息苦しかった。時計を見てもう九時になっているのを見て驚いた。

「ほんとうに遅くまで眠ってしまったのね」と言って、うれしそうにいれたてのいい香りのするコーヒーを受け取り、一口飲んで顔をしかめた。「たしかに濃いわね。眠気が吹き飛んでしまうほど」

ファレルの顔を見上げた。

「目の下の黒いあざが紫色に変わりつつあるわ。あなたのほうこそ、もうだいじょうぶなの？」

「ああ、ずいぶん回復したと思うよ。あなたを叔母さんと呼んでいる、あのジョーという若者のこと、教えてくれないか」

　彼女は軽やかに笑った。

「長い話になるわ。でもとにかくあの青年が考古学者だというのは本当です。ただ、偶然にもいとこがＣＩＡで働いていて、ここシリアの発掘現場で働くことになった彼を経済的に援助しているらしいの。三年前からね。ただし、条件があって、この国のこの地方のニュース、噂、人々の様子を伝えてくれたら、ということだったそうよ。バジール・マモウルという羊飼いが水を飲みにここに立ち寄ったときに話したことがまわりまわってＣＩＡの耳に入ったのは、ジョーが情報源だったのよ。ただし、プロではないわ。オマールにも会ったことがないそうよ。でも月に二回ダマスカスへ行って、物資を調達するときに市場に行き、アブドゥル少年と話をするんですって」

「ひどいいびきをかくやつだが、いまの話で許してやろう」とファレルが言った。「おばちゃまとあいつは地獄のように忙しかったようじゃないか」

「忙しさを地獄のように、と形容するのはどうかしら」とミセス・ポリファックスはちょっと抗議した。「地獄のようにという表現は、退屈とか、なにもすることがないとか、自分の欠陥を考える時間ばかりが多い、というようなときに使っていただきたいわ」

「それは昨日のぼくの状態だよ」と彼は言った。「昨日の晩、いったいどういうわけで砂漠へ戻ったんだい？　そして、なにをみつけたの？　ジョーはゆうべは一睡もしていないよ。一晩じゅう細かな紙切れを組み合わせていたらしい。ぼくには説明もしてくれない」

「彼があなたに説明をしないとは、意外だわ。とにかく昨夜はわたくしたち、パスポートの切れ端がみつかったところへまた行ったのです。夜陰に乗じて、もっとなにかみつかりはしないかと思って。そしてファレル、みつけたのよ。灰の中に残っていたちぎれた紙切れは手書きの日記の一部だったのよ。しかも英語！」

彼はそれを聞いて、考え込んだ。

「でもそれだけじゃ、国務省に行動を起こすようにたのむことはできないな。国務省に報告するには、少なくとも、アマンダ・ピムを実際に見たということが必要だ。確実に彼女がまだ生きていて、そこにいるという証拠が必要だ」

「そうね」と彼女は言って、いまのファレルの言葉を考えた。「実際に彼女を見る唯一のチャンスは、彼女が野外のトイレに来たときでしょうね。もちろん、そういう機会に人の様子をうかがうというのは、とても失礼だと思いますけど」

「なぜ？」とファレルが聞いた。「別にスキャンダル紙にその写真を売るわけじゃないんだから、かまわないだろう？　昼間おばちゃまがジョーと行ったときに見たキャンプの全体図を描いてみてくれないかな」

エイミーのベッドサイドのテーブルの上にノートがあるのに気がついて、ファレルは一枚破りとり、ペンをそえてミセス・ポリファックスに渡した。

ミセス・ポリファックスはコーヒーカップをおくと、思い出しながら楕円形の線を描いた。「テントがいくつか、向こうの隅にあったわ。ずいぶん離れているので、人の顔を見るのに望遠鏡が必要でした。ここと、ここと、ここに木がありました」と言って、彼女は木の絵を描き入れた。「それからここところに……高い草が生えていて、テントは……」

と、彼女は四つの小さな三角形と二つの大きな三角形を描いた。

「そしてトイレは叔母ちゃまたちが隠れていた丘の近くにある、ということになるな」と言って、ファレルはミセス・ポリファックスの手からペンを取って、四角い形を描き、なかに疑問符をつけた。

「なにか考えがおありなの？」

ミセス・ポリファックスが聞いた。

ファレルはほほえんだ。

「ぼくはもうだいぶ回復したと思うよ、おばちゃま。少しめまいはするけど、頭のほうはおかげでちゃんと動いている。もうぼくにもなにかできる。それにこのキャンプにいつまでも世話になっているわけにもいかないだろうし」

彼はいま、パルミラで彼をさらった乱暴な男たちのことを考えているにちがいない、とミセス・ポリファックスは思った。

「それで、あなたにできることとは？」

「今夜暗くなったら、その小高い丘の下に隠れて、声が聞こえたらそっと丘の上に登ってみるんだ。そして、バジール・マモウルやおばちゃまやジョーがやったようにそっとうかがうんだ。今晩はほぼ満月のはずだから、人の顔まではっきり見えると思うよ」

「でも、彼らにもあなたの顔が見える、ということになりますわね」

とミセス・ポリファックスが注意した。

「そうだろうね。この仕事の初めに、あなたは想像力、思いつき、機転が必要だと言ったよね。なにか思いついてよ」

「そんなこと、言いましたっけ？」と彼女は言ってため息をついた。しばらく考えてから顔をあげた。目が輝いている。「バーナムの森、がいいわ！」

「バーナムのなんだって？」

「マクベスよ、おぼえてらっしゃる？『バーナムの森がダンシネインへ動くなどということが起きるまでは、彼は安全だ』というせりふがあったでしょう？カモフラージュよ！低い木を一本抜いて、向こうに着いたらすぐに……きっと暗いでしょうから……丘の上に植えつけるのよ。葉っぱと枝がわたしたちを隠してくれるわ。彼らも木の茂みまでは見ないでしょう。丘の上に登るのも交替でしましょうよ。寒いでしょうね。でもとにかく、そうすれば彼らから見られずにすむわ」

「マクベスか……」と言って、ファレルは考えた。「残念ながら、ぼくのボードヴィル・コメディアンの両親はマクベスを演《や》ったことはなかった。フラメンコダンスが彼らの冗談だったがね。とにかく、いまのアイディアはいただきだ。それで行こう」

そのときジョーが入ってきて二人の話を中断させた。もうすぐ昼食の時間だと知らせに来たのだ。

「それと、エイミーが食事のあと昼寝《シエスタ》をしたいと言ってます。なにか計画中ですか？」

ミセス・ポリファックスはいま話していたことをジョーに教えた。彼の顔に警戒の色が浮かんだ。

「ちょっと待ってください。ということは、またランドローバーが必要になる。困ったな、ロビンソン博士にこんどはなんと言えばいいんです？」

彼女は臆面もなく言った。

「こんどはファレルが夜の砂漠を見たがっていると言ってくださいな。例のジグソーパズルはどんな具合ですか？」

ジョーの顔がゆるんだ。

「考古学そっくりですよ。ずっとむかしにだれかが考えたことを現代の言葉に置き換えるという作業によく似ている。ただし、こんどのは、現代の同時代の人の書いたもので、しかもその人は生きているかもしれない、というところがちがいますが」と言い、さらに続けて言った。「大学で一学期の間、バビロニアについて勉強したことがあったのです。古代バビロニアの祈禱の言葉があって、ぼくはそれをすっかり暗記しています。それを聞けば、考古学というものがどんなに興奮に満ちたものか、わかると思う。何千年も前の声を聞くのですからね。ちょっと暗唱してみせましょうか」

ファレルは、勝手にやってくれ、というように肩をすくめた。

「ああ、やってくれ」

「これがバビロニアの祈りの言葉です」と言うと、ジョーは目を閉じた。「わたしは静かに、涙している。だれもわたしの手をとってはくれない。神よ。全知の神よ。どうかやさしくしてくれ……。激流のただ中にいるわたしを助けにきてくれ。手を取って……」

感動して静かに聞いていたミセス・ポリファックスはつぶやいた。

「美しいこと、それになんと雄弁な……」

ファレルは不機嫌そうに、割れた声で言った。

「それはいつごろのものなんだ？」

「キリストが生まれるだいぶ前です。ぼくはよく……」

「わかりますわ。だれが、いつ、なぜこれを書いたのかと思いを巡らせたのでしょう？」

「ええ。そして、こんどのもぼくに、それに似たような気持ちを起こさせるのです。あの細かくちぎれた紙切れはアマンダ・ピムの日記からのものではないかと思うのです」

「どんなことがわかったの？」

とミセス・ポリファックスが聞いた。

彼は目を伏せた。

「残念なことに、まだ、あまりわかっていない」と言った。「ものすごくたくさんの、しかも細かな切れ端ですから」

ミセス・ポリファックスはちょっとおかしいと思ったのか、おもしろそうにジョーを見たが、なにも言わなかった。

「今晩、もう少し続けてみます。あなたがたが出かけてから」と言ってから、急いでつけ加えた。「もちろん、ロビンソン博士に聞いてみなければわかりませんが」

ジョーは急いでテントを出ていった。ミセス・ポリファックスは、前の晩はあんなに熱心にいっしょに行きたがった彼が、今夜はあのキャンプにもう一度行くことにまったく興味を示さないことに少し驚き、同時にちょっとおもしろいと感じた。彼の中の考古学者が頭をもたげたのだ。そしていま彼は、バビロニアの祈禱ではなく、アマンダ・ピムの言葉を解読するのに夢中になっているように見える。


ジョーは彼らのために、もう一度ランドローバーを借りてくれた。彼らがロビンソン博士にガソリン代として十分な支払いをするということを条件に。無理をお願いするわけだけど、少なくともよい目的のためとわかっていただくよりほかないわ、とミセス・ポリファックスは思った。そして夕日が金色とオレンジ色と真紅に彩られた空に沈むとすぐに、ファレルといっしょに出かけた。

ランドローバーを早めに止めて、最後の三キロほどを歩き出したミセス・ポリファックスは、昨日のほうがずっと距離が短かったような気がした。月の光は困るほど明るかった。

「わたくし、バーナムの森は少し早めに始めるほうがいいような気がします。月の光が明るすぎるわ。もしだれかが見ていたら、それに、見張りとか警備の人がいたら……」

「わかった。それ以上言わなくてもいい」

とファレルがさえぎった。

ジョーがまたジェラバを借りてくれたので、二人はジェラバをはおって歩いた。ミセス・ポリファックスのは長くて、ときどき踏んでつまずいた。しかし、そんな格好をしていても、もし人に見られたら、夜なにもない暗い砂漠を歩いているだけで怪しまれてもしかたがなかった。途中で、探していた小さな木が二本みつかった。トゲのある新葉が密生している一メートルほどの灌木で、後ろに隠れるには十分だった。苦労してそれらを地面からひっこぬき、旗のようにかざして、少々恥ずかしく思いながら二人は前に進んだ。例の人工の丘が見えてくると、こんどは体が隠れるように木を前にして歩いた。少し休み、やっと丘の下のくぼみにたどり着いた。

「ここまではだれも撃ってこなかったな」とファレルがほっとしたように言った。「ぼくが最初に様子を見に行く。まだキャンプを見ていないのはぼくのほうだから。よく観察したい」

と言うと、片手に望遠鏡を、もう一方の手に木をもって丘を腰をかがめて登っていった。素手で穴を掘って灌木を植えつけると、その後ろに腹這いになって、望遠鏡のピントを合わせた。

しばらくして戻ったファレルは、ミセス・ポリファックスに言った。

「大きいほうのテントの一つに明かりがついている。それと小さなテントにも一つ。野外トイレもみつけた。すぐ近くだ。深い穴で、まだ一杯になっていない。ということは別の場所に新しいのを作って移ってはいないということだ」

「よかった」と彼女は言った。「それじゃ、待ちましょう」

まもなく低い声が遠くから聞こえてきた。ファレルは静かに這って丘の上に行き、葉っぱの間からのぞいた。そして首を振って戻ってきた。

「男三人だ」

ミセス・ポリファックスはふるえながら言った。

「寒くて体が固くなってしまったわ。つぎはわたくしに行かせて」

望遠鏡を受け取って、彼女は丘に登り、まだ太陽の熱を含んでいる暖かい地面に体を伏せた。ありがたかった。月の光に照らされたキャンプに黒いシルエットをくっきりと浮かばせるテントを望遠鏡でよく観察した。十五分もたったころ、小さなテントの一つから二つの影が出てきた。ミセス・ポリファックスのひそんでいる地点の近くのトイレに向かってくる。望遠鏡の焦点を合わせてその歩き方と体つきから、こんどは男ではないと思った。影が近づいてくる。ファスナーを下ろす音がした。三メートルほどのところまで近づいた影の顔が突然月明かりではっきり見えた。一人は色が黒く真っ黒な眉毛の、がっしりした体つきの女だった。そしてもう一人は……「やっぱり！」とミセス・ポリファックスは息を殺した。おなじ顔だ！　日に焼けて浅黒く、やせてはいるが、おなじ鼻、おなじ大きな目……アマンダ・

ピムにまちがいなかった。アマンダ・ピムをみつけた。いま、ここに、目の前にいるのだ。

ミセス・ポリファックスはその場に体を伏せたまま、二人の女がどのテントに入るか見守った。右の奥から二つ目だ。月の光にだまされたのでなければまちがいない。それを確かめた上で、彼女はゆっくりと丘から下りた。

「彼女を見たわ」とミセス・ポリファックスはファレルにささやいた。「この目で確かに見ましたよ」

「しかし、声はなにも聞こえなかった」

とファレルが疑い深く言った。

「なにも話さなかったのよ。女二人がトイレにやってきて、一人はアラブ人、もう一人はアマンダだったわ！」

「やっぱり生きていたんだ」とファレルは驚きの口笛を低く吹いた。「しかもこともあろうに、こんなところに。よし、わかった。ランドローバーに戻ろう。ジョーのコンパスを借りてきたから、この位置を正確に割り出して、アマンダ・ピムの居場所発見と報告するんだ」

「居場所発見……？」

と言いかけて彼女は途中でやめた。ファレルは国務省への報告のことを言っているのだ。彼女はファレルをチラリと見たが、なにも言わなかった。ファレルの傷は表面上は早く回復しているように見える。しかし、彼の精神にあたえた影響は深い。ファレルは怖いのだ。

わたくしも本当は怖くて当然なのだわ、と彼女は思った。どうやってダマスカスへ戻るかもまったく見当がつかないのだ。しかし、ミセス・ポリファックスは月の光に照らされたアマンダ・ピムの顔を思い出した。やせている。頬の骨がとがって、迷彩服に身を包んだ彼女はフィルムで見た、あのだぶだぶの服を着た彼女よりもずっと幼く見えた。ファレルはここまでで任務終了としたいらしいが、カーステアーズの言葉を完全に忘れている、とミセス・ポリファックスは思った。アマンダ・ピムをみつけたら、できれば救出して連れ戻ってくれとカーステアーズは言ったのだ。

そしていま、彼らはアマンダ・ピムをみつけたのだ。

キャンプに戻ったとき、ジョーのテントにはまだ明かりがついていた。ジョーは簡易ベッドに腰を下ろして小さなテーブルの上の細かな紙片に身を乗り出していた。そばに糊と、灰の中から掘り出してきた焦げかかった細かな紙片がたくさん入った器がおいてある。

ジョーは目を上げて、うれしそうにテントに戻った彼らを見た。

「なにかいいニュースがありますか？」

と聞いた。めがねが石油ランプの光にかがやいている。

「アマンダ・ピムをみつけたわ」とミセス・ポリファックスが勢いよく言った。「やはりあのキャンプにいました。この目ではっきり見ましたよ」

「ウワオ！」とジョーは叫んだ。「すごい、すごいじゃないですか！　よかったですね！　おめでとう！」

「そう、ぼくらは彼女の居場所をつきとめた」とうなずきながらファレルが言った。「だからもう、明日の朝にもここを出発することができる」

ミセス・ポリファックスが声をあげた。

「ファレル、それは……」

「出発する？　なんですか、それは？」とジョーが声を荒立てて言った。「いま、行ってしまうなんて、それはないでしょう」

「いや、もうここに用はない」ファレルの声が大きく響いた。「われわれは彼女をみつけた。コンパスで正確な位置まで計ってきた。人工衛星からあの場所を探し出すのは簡単だよ……」

ミセス・ポリファックスは事務的に言った。

「それで？　パラシュート隊でも送り込もうと言うのですか？　このシリアに？」

彼女はジョーを脇に呼んで話した。

「ファレルは命がけの脱出をしてきたばかりなの。いま彼の頭には彼を襲った二人組の男たちのことしかないと思うのよ。彼らはものすごい勢いでファレルを探しているでしょうからね」

「もちろん、彼らはミスター・ファレルを血まなこになって探していると思いますよ」とジョーは怒って言った。「彼らはアマンダ・ピムをみつけてほしくないにきまっている。ところがあなたがたは彼らを出し抜いて、彼女をみつけた。そうしておきながら、みつけたから帰ると言うんですか」

「ファレル」とミセス・ポリファックスはこんどはファレルに話しかけた。「あなた、疲れているのよ」

「とんでもない。ぼくは疲れてなどいない」とファレルはどなった。「どうもあなたはぼくらがそろってアマンダ・ピムを救出すべきだと思っているらしいが、現実的になってくれよ。そんなことは不可能だ。ちょっと考えてくれ。あれはまちがいなく狙撃手《スナイパー》養成キャンプだよ。迷彩服を着てかくれんぼを練習するところじゃないんだ。銃を持っていて、しかもその使い道を訓練しているんだよ。われわれは彼女をみつけた。それで十分なはずだ。彼女にはなにも借りがないからね」

まるで別人のようなファレルの言葉にミセス・ポリファックスは驚いたが、それよりも驚いたのはジョーの次の言葉だった。

「彼女の命、それがわれわれみんなの借りなんです。わからないんですか！　ぼくは彼女について少しは知っている。彼女をあのままおいて行ってしまってはだめだ。それはあまりに残酷ですよ！」

ミセス・ポリファックスは唐突にジョーの向かいのベッドに座り込んだ。

「ジョー、あなた、なにかみつけたのね。日記をつなぎ合わせて、なにかがわかったのね。なにを知ったの？　国務省はたしか彼女を疑っていましたけど……」

「まだつなぎ合わせが終わっていないので、言いたくなかったんです」と彼は言った。「でもいま彼女をみつけたとあなたがたが言うのを聞いて、その上もう帰ると言うのを聞いて、ぼくはもう我慢できなくなった」

「なぜだ?」

とファレルがきつく聞いた。

「これはぼくの推量にすぎないけど、ぼくはなぜ彼女が自分の命もかえりみずハイジャッカーに銃を渡せと迫ったか、わかるような気がするんです」

「それじゃ、わたくしたちに教えてちょうだい、そのわけを」

ミセス・ポリファックスが言った。

ジョーは彼女をまじまじと見てから言った。

「いや、自分の目で見てください。いや、二人ともだ」

とジョーは怒った目でファレルを見ながら言った。

「なんだその口のききかたは」

とファレルはむっとして言った。

「二人とも、ぼくがつなぎ合わせたものを読んでください」とジョーは言った。「まだ紙切れがたくさん残っていて、全部はできていませんけど」

「全部はできていない?」

「ええ。でもどうぞ自分の目で見てください。文章ごとに並べてありますから。弁護士の話が出てくるので、母親は最近死んだのだと思います。でも、それもどうぞ、自分の目で読みとってください」

ミセス・ポリファックスと不承不承のファレルはそろってベッドのそばに腰を下ろし、ジョーの作り上げた紙切れのつなぎ合わせを読み始めた。

母さんはすごく怒った……
……またお下がりの服が……からきた……
……説明した。なぜ大学へ行くお金がないか……
母さんは肉の値段が高いと……
母さんは強く言う……
母さんはわたしにダメだと……
貧民宿へ行くことになると、母さんはいつも……
……疲れた、ほんとうに疲れた、お金にいつもいつも気をつけ……
……明け方三時ころ、母さんは死んだ……
……銀行の貸金庫を明日、……親切な弁護士と……
母さんたち……
わたしにずっとうそをついていたのだ、うそ、うそ、うそ！
こんなにたくさん……をわたしひとりでどうしたら……
ばかみたい、新しい服を着て……どこに行けっていうの？
今日もっと株を売って、また八万三千ドルの小切手が……

全部破ってしまいたい……なにもかも意味のないこと
……いつも目立たないようにと……だからわたしは見えない存在

見えない存在。この言葉にミセス・ポリファックスは目を見張った。カーステアーズも、一生目立たないように生きてきた人間、というようなことを言っていた。生まれ故郷ローズヴィルで見えない存在だったのなら、貧弱で臆病で孤独な旅行者アマンダ・ピムは、どんなことをあの航空機の目的地だったエジプトで経験するつもりだったのだろう、とミセス・ポリファックスは思った。

「ずいぶん母親が出てくるな」

とファレルが冷たく言った。

「そう、要求の多い人のようね、もしかすると体が動かせなかったのかも……」

とミセス・ポリファックスが言葉を添えた。

「いや、きっと自分勝手な親ですよ」とジョーが腹立たしそうに言った。「まだほかにも言葉をつなぎ合わせることができない紙切れがいくつもあります。とくに大学へ行きたいと強く思っている様子がわかるものがたくさんある……」

「でも、お金がないからだめと言われたのね」

とミセス・ポリファックスが言葉をはさんだ。

「ええ。そしていまぼくがつなぎ合わせていたのは、エミリー・ディッキンソンの詩『わたしはひもじかった』からのもので……」

「わたくしの知らない詩だわ」

とミセス・ポリファックスは小声で言った。

「できあがったところまでの詩、読んでみましょうか？」

ジョーが聞いた。

「バビロニアの祈禱、現代版というところかい？」

ファレルが皮肉を言った。

ジョーは気にもとめないふうだった。

「まだ全部の行が見つかっていないのですが、これは手書きではなく印刷されたものです。本からこのページを破りとって、日記にはさんで持ち歩いていたのでしょう」

三枚目の紙を手にとって、彼は読み上げた。

わたしはいつもひもじかった
正午が夜の食事にやってきた
わたしは、ふるえながら、テーブルを近くに引き寄せ
めずらしいワインに触れた

テーブルの上にあったこれをわたしはいままで見てきた

振り返ると、ひもじく、ひとりぼっちで
決してわたしが座ることのない
金持ちのための窓の内側に

「この詩の続きは焦げてしまって読めません。でもあと二行残っています」
とジョーが言った。

わたしは十分なパンを知らない
あまりにもわたしには……

ジョーが付け足した。
「他の焦げた紙片からなんとか読めるものは
豊かさはわたしを傷つける。新しいことだから。
わたし自身、気分が悪く、居心地がわるい
というものです」

しばらく三人は沈黙した。

「それで、きみの結論を聞こうか」

とファレルが仕方ないという口調で聞いた。

ジョーは苛立っていた。

「彼女の親たちはみじめな生活を送っていたのでしょう。彼女の生活もとてもみじめで、気の滅入るようなものだったのじゃないか。ハイジャック機で突然ヒロインになったのは、彼女はどう生きたらいいのかわからなかったからではないか、と思うんです。また、だれも彼女に生き方を教えてくれなかった。彼女は急になにもかもどうでもよくなったのではないか。もしかすると、ハイジャッカーに殺されてもかまわないと思ったのではないか、とぼくは思うのです」

ファレルはショックを受けたようだった。

「きみは……あれは自殺願望行為だったとでも？」

「人はときにそんなところまで行ってしまうものですわ」とミセス・ポリファックスがそっと言った。「希望がもてないとき、そんな気持ちになることもあるものです」

わたくしにもそんなときがあったわ、と彼女は思い出していた。

ファレルの視線が包帯でくるんだ手首に落ちた。ミセス・ポリファックスは彼が手首を見ているのではなく、また捕まって殴られ痛めつけられることを考えているのだと思った。自分の恐れを検証し、最後に腹をくくったようだった。

「わかったよ。きみの意見はもっともだ、ジョー。確かにぼくらはいまここを出るわけにはいかない。だが、どうやって彼女を救い出すのか、ぼくには見当もつかない」

ジョーは熱意を込めて言った。

「ぼく、手伝います。ここのキャンプはあと十日で閉めることになっています。ぼくはそれより早く抜けることができますから」

「何を手伝うと言うんだ?」とファレルはどなり、それからミセス・ポリファックスに向かって言った。「さあ、おばちゃま、あなたの想像力、思いつき、機転とやらを発揮してもらおうか。どうやってたった二人の力で……」

「いや、三人です」

とジョーが割り込んだ。

「……狙撃手のキャンプにもぐり込み、アマンダ・ピムを探し出し、彼女を、またわれわれ自身もそこから脱出させることができると言うんだい?」

「考えなければならないわ」

と彼女は落ちついて言った。

「それじゃ、考えてくれよ」

ミセス・ポリファックスは考え始めた。彼女はものごとをまっすぐに考える傾向がある。またしばしば人を驚かせるほど単純に考える。しかし、武器らしい武器もないのに、狙撃手のキャンプを襲撃するなどという無謀なことは、彼女の考えにはなかった。可能な範囲で考えなければならなかった。彼女は問題を三つに分けた。どうやってキャンプの中に入るか。どうやってアマンダ・ピムを連れ出すか。追跡されずにどのようにして脱出するか。もちろん、実行は夜でなければならない。彼女は心の中でキャンプを想像した。奥行き、幅、金網のフェンス。そしてうなずいた。

ジョーが聞いた。

「なにか、思いつきましたか?」

「ええ」と彼女は答えた。「羊よ」

第十一章

「羊？」

とジョーが首をかしげた。

「羊だって？」とファレルが聞いた。「羊と言ったのか？　おばちゃま」

ミセス・ポリファックスはうなずいた。

「ええ、羊です」と言って、ジョーに話しかけた。「手伝ってくれる前によく考えて、ジョー。こんどのはかなり危険度が高いと思うの。ウマイヤ朝の調査とかバビロニアの祈りの言葉、骨や壺を発掘するのとはわけがちがいますよ」

「ええ、わかっています」と彼はうなずいた。「これは現実ですから。そろそろ現実に取り組むべきころだと思っていました。ぼくは役に立てると思う。そう思いませんか」

「とても役に立ちますよ」と彼女は請け合った。「なんと言ってもあなたはアラビア語が話せますもの。ところで、だれか金網が切れるようなはさみを持っている人はいないかしら」

「バーニーは毎年工具箱を持ってキャンプ入りする。ぼくたちはいつも、彼を何でも屋と言ってからかってるんですよ。彼なら金属用のはさみを持っているかもしれない」

ファレルはこれを聞きながら、またさっきの質問を繰り返した。

「しかし羊って、いったい何なんだい?」

「とても単純なことよ」と彼女は落ちついて言った。「あのキャンプを囲っている金網のフェンスに適当な穴を開けて、羊の群れをキャンプの中になだれ込ませるのよ。狙撃手のキャンプを混乱させるのにこれ以上いい手はないと思うわ。暗闇の中、羊の大群がべーべー鳴きながらキャンプの中を行進するのよ」

ファレルは首を振った。

「動物の暴走のことを考えているんだろう? だが、バッファローや牛ならともかく、羊の群れの暴走なんて聞いたこともないよ」

彼女は平然として答えた。

「後ろから押されれば、羊でも暴走しますよ。ジョー、エイミーの話だと、三日ごとに水を運んでくる近くの村の人たちは羊を飼っているんですって? 百頭はいると言っていたけど、おおげさかしら」

「いいえ、ちっとも」とジョーはすぐさま答えた。「百頭は少なくともいる。ここの羊は尾の太いタイプで、尾と尻に脂肪を蓄える。羊からミルクをしぼり、毛をとるんです」

「というわけ」とミセス・ポリファックスはファレルに言った。それから腕時計を見た。

「村はここから二十五キロくらい?」

「ええ、だいたいそんなものです」

「羊の群れはゆっくり進むわ。そのうえ、草を食べるために寄り道したら、ここに来るだけでも一日かかってしまう。いますぐにとりかかりましょう」

「疲れた者に休憩はなしか」

ファレルがぶつぶつ言った。

「眠りはどこかで補うことができます。それより、金網を切るはさみが必要だわ。ジョー、わるいけど、バーニーがまだ起きているかどうか、見てきてくれます？　もし眠っていたら、起こしてちょうだい。そして金網が切れるはさみがあるかどうか、聞いてくださいな。そのあと、ファレルといっしょに村へ出発して。もし車が使えないのなら、歩いてでも。いますぐによ。明日の朝早く羊たちを出発させるようにしたいの。明日の夕方までには、必ず羊たちがここまで来ているようにしなければなりませんから。お金はどこ？」

と言って、彼女はハンドバッグからシリア紙幣の束をごっそり取り出した。そしてジョーに渡した。

「これで足りるかしら？」

「何に？」

「できるだけたくさんの羊を二日間借りるのに。よかったわ、あなたがアラビア語が話せて。羊は必ずお返ししますと言うのよ。一頭残らず、いえ、一頭や二頭はいなくなるかもしれないから、ほぼ全部お返ししますと言ってくださいな。羊飼いの少年も二人ほどたのんで。羊をうまく進ませるのに必要ですから。それにあとで村まで返さなければなりませんからね。

とにかく明日の朝早く、羊たちを出発させるのですよ」

ジョーは笑い出した。

「これ、愉快だな、ほんとうに愉快な計画ですよ。それじゃ、バーニーを起こしてきます」

彼はすぐにテントを出ていった。あとに残ったミセス・ポリファックスとファレルは黙ってお互いの考えを読もうとした。

「さあ、どうお思いになる、ファレル？」

と彼女は言った。

「ぼくはもう降参したよ」と言って、彼はにやりと笑った。「あなたのガーデンクラブの気取った連中がいまのあなたを見ることができないのが、残念だよ。シリア砂漠のど真ん中で、そまつなテントに陣取って、土地の人のジェラバだかなんだか知らないが上衣を着込んで、羊の群れにまぎれて狙撃手のキャンプを奇襲する企てを率先してやっているあなたを見せてやりたいよ。そういえば、忘れていないよね、おばちゃま」とファレルは嫌みを言った。

「狙撃手ってのは、人だけでなく羊も撃てるんだってことを」

ミセス・ポリファックスは少しもあわてずに言った。

「でもわたくし、たいていの人は夜中に急に起こされると、少なくとも最初の数分は、すばやく反応することができないってこと、知ってますわ。それにキャンプの一番奥にあるテントに寝ている彼らが羊の声を聞きつけたころには、羊の群れはもうキャンプ中を満たしているでしょうよ」と言ってから、少したためらい、それからあらためて言った。「ファレル、ほんとうのところは、どんな調子なの？」

「ずっとよくなっているよ、おばちゃま」と彼はにっこりして言った。「おかしくなったのはほんの一瞬さ」

彼女はうなずいた。

「ええ、わかりますわ。わたくしもそうなったことがありますもの。一瞬あなたを見失いましたけど、あなたがあのようになったのは、まったく当然のことですよ」

これは気まずい話題だった。彼女は急いで話のほこ先を変えた。

「今晩村まで歩かなくてもすむかもしれなくてよ。ジョーが日に日に悪知恵がついてきている様子を見ると、今晩あたりランドローバーを盗み出しかねないですからね」

とにっこり笑って言った。

「じつに悪い影響だ」

とファレルが眉をよせて首を振って見せた。

外から砂利を踏む音が聞こえ、ジョーが満足そうな笑いを浮かべて、手に獲物をもって現れた。

「ありましたよ。バーニーに金属用のはさみを持っていないかと聞くと、いやな顔をしたので、てっきりないのかと思ったんですが。あと、われわれには農夫が着るような上衣が必要ですね。農民のはジェラバではなくてアバヤというんだと思うけど。少なくともぼくには必要だ」

彼が「われわれ」というのを聞いて、ファレルは愉快になった。

「ああ。それにきみはまた今夜もランドローバーを借りるいいわけをこしらえなければならないよ」

「それならもう用意しましたよ。今回はロビンソン博士に聞かなかった。博士はもう寝《やす》んでいるし」

ミセス・ポリファックスとファレルは目くばせをしてほほえんだ。

「それにどっちみちあなたがたは一週間分以上のガソリン代を払いましたから。ミスター・ファレルとぼくは、村に着いたら日の出まで車の中で眠ります。そうすれば、まちがいなく日がのぼるころには羊を村から出発させることができますからね」

「でも村の人たちはもうとっくに寝んでいるでしょう？」

ジョーはミセス・ポリファックスの言葉に首を振った。

「それはそうですが、ぼくは村の首長の家を知っている。村人の家々はおかしな形なんです。蜂の巣のような。きっと涼しいんだろうと思うけど。いちどバーニーといっしょに村人が水を運んできた荷車に乗せてもらって村に行ったことがあるんです。そのとき首長の家でお茶を出してくれた。そのときですよ、たくさんの羊を見たのは。もうじき冬になる。冬は羊を山岳地帯のほうへ移動させるんです。この金があればよろこびますよ」と彼は率直に言った。「村人はびっくりするほど貧しい暮らしをしています。これがあれば……」と彼はポケットに入れた札束を指して言った。「首長はたとえ夜中に起こされても怒らないんじゃないかな」

「おいおい、こいつは化け物かい、調子いいぞ」

ファレルが言った。

ミセス・ポリファックスは笑った。

「ええ、でもとてもすてきな化け物よ。それにうれしくなるほど仕事ができるし」と言って、彼女は時計を見た。「十時半ね。もう村に向かって出発したほうがいいのではありませんか？」

ジョーは金属ばさみを彼女に渡した。

「これを命がけで守ってくださいよ。では、よい眠りを！　おやすみなさい」

ミセス・ポリファックスはいっしょにテントを出て、彼らがランドローバーに乗り込み、走り去るのを見送った。今回は車は西に向かっている。エイミーのテントへ戻って簡易ベッドに横たわる前に、ミセス・ポリファックスは冷たい夜の砂漠に少しとどまってあたりを見回した。ランドローバーの赤いテールライトが見える。車の前方を照らすライトは茂みや岩などを照らし出し、おかしな形の影をつくっている。空には満月がのぼっていてゆっくりとインディゴブルーの天を動いている。

ミセス・ポリファックスはふるえた。これからどんな困難が待ちかまえているか、考えたくなかった。また、アマンダ・ピムを救出できてもできなくても、どうやってシリアを脱出するか、まだまったく算段がついていない。いま眠りはことに重要だった。ため息をついて彼女はエイミーのテントに戻り、長い夜を、そしてそれよりも長い明日を思いながら眠りについた。

それは不安な眠りだった。目を覚ましては眠り、目を覚ましては眠って、ついに夜明け前、テントの外が銀色の光に変わったころにはすっかり目を覚ましてしまった。やっと長い夜が終わる。洋服を着たままで眠ったので、彼女はジェラバをはおった。そして毛布を持つとそっとテントを出た。夜明けのキャンプはしんと静まり返って、妙に寂しいたたずまいだった。しかしランドローバーがいつもどおり野外事務所のそばに止められているのを見て、彼女は驚いてジョーのテントへ急いだ。

ファレルが寝ていた。手にしっかりと黒い布包みをつかんだまま。しかし彼女がテントに入るとすぐに彼は目を開けた。

「ああ、おばちゃまか」

と言って、彼は起きあがり、目をこすった。

彼女は思わず笑ってしまった。ダマスカス以来ひげを剃っていないその顔には、四日の間に無精ひげが生え、すっかりやくざ者のように見えた。

「座ってくれ」

と彼はジョーの空のベッドを指さした。

「話がたくさんある」

「ジョーはどこ？」

「羊といっしょだ。いまごろはもうこっちに向かっているだろう。ラチッドとヒシャムという少年たちといっしょに。話が決まると彼はぼくをキャンプに戻らせてくれた。そして、彼が羊とともにここに着いたら、こんどはぼくが代って羊の群れをすすめて狙撃手のキャンプへ向かうというわけだ。彼とはずいぶん話をしたよ。なんと言っても夏を三回ここで過ごしているから、ぼくらよりもずっとこの土地のことを知っている。もちろん、言葉のことはいうまでもない。砂漠を簡単に越えられると思ったぼくが甘かった」

と言って、彼は首を振った。

「ジョーによれば、砂漠の横断距離は四百キロだそうだ。だから、バスに乗らなければならない」

「それは、危険ね」

と彼女は体をぶるんとふるわせた。

彼は同感というようにうなずいた。

「そう、危険だと思う。だが、ジョーの話では、警官がバスに乗りこんで乗客のチェックをすることはめったにない。デリゾールからのバスは、タドモールで停まるが、そのあとまっすぐにダマスカスへ向かうのだそうだ。六時間の長いバス旅行だ。ほかにもホムス行きのバスがある。だが、ジョーはどのバスに乗るべきか知っている。彼は今夜、救出がうまくいったら、アッスクネという名前の村だか町から、バスに乗るべきだと提案している」

「わたくし、そこを知っていますわ」と彼女は言った。「わたくしをここまで乗せてきてくれた運転手がそこに荷物を届けてましたから」

「そうか。とにかくジョーはそこがわれわれがバスに乗っても一番怪しまれない所だと言っている。とくに夜中に乗ることになるわけだからね。ぼくらのために服を用意してくれた。おばちゃまとぼくと、そしてピムという女の子はベドウィンに扮して行動するんだ。もし彼女を救出できれば、の話だが。ジョー自身はアメリカ人の服装のまま行く。いままでもバスを利用しているのを見られているから、それが一番自然なのだ。警察のチェックがある場合に備えて、彼が第五キャンプで働く研究者だということを証明する書類を用意するそうだ。ぼくらのほうは警察はチェックしないだろうと言う。ただし……」

と彼は警告した。

「ぼくらが本物のベドウィンに見えれば、だ」

「おやおや」

とミセス・ポリファックスがため息をついた。

ファレルはにやりと笑った。

「心配いらないよ。この少し汚れたアバヤを着て、どっしりと構えていればアラブ人のおばさんに見えるから。それに、彼女のために目のまわりを隈《くま》どる黒い墨ももってきた」

と彼は言った。まるでアマンダ・ピムという名前を口にすると悪運を招くと恐れているように。「それと黒い服とスカーフも彼女のためにもってきた。それと、くたびれたサンダルも」

彼は首を振った。

「カーステアーズは全知全能の神かね。こんなにたくさんの金を持たせてくれたなんて」

「そう、しかもシリアのお金で」

とミセス・ポリファックスが注意をうながした。

「どうやって、こんなにたくさんのお金がヴァージニア州ラングレーまで届いたのかしらね。偽札ではありませんように！　でもカーステアーズは知っていたと思いますよ……」

と彼女は続けて言った。

「いままでわたくしたちに、こんなにたくさんのお金をあずけてくれたことはありませんでしたもの。彼はときどきほんとうに超人的ですものね。でもアッスクネからバスに乗るといっても、どうやってそこまで行くの、わたくしたち？」

ファレルは話すのをためらっているようだ。

「これを聞いたら、おばちゃまはきっと反対するだろうよ。ぼくも最初、いやだった。ジョーのやつ、バーニーに少し話をしたらしいんだ……」

「まあ、だめよそれは！　バーニーをこれに巻き込むというの？」

ミセス・ポリファックスが聞きただした。

「シーッ、だいじょうぶなんだ、それが」とファレルは声を潜めた。「バーニーはジョーが何をしでかそうとしているかなど、まったく興味がないとはっきり言ったそうだ。そしてなんの質問もしなかったそうだ。彼はジョーのいい友だちだ。ロビンソン博士に、今晩ハムスターを探すために、もう一度ランドローバーを借りることができないかと聞くということになった。

「ちょっと待って、何を探すために、と言ったの？」

ファレルがにやりと笑った。

「シリアで金色の毛のハムスターがみつかったんだそうだ。砂漠の動物だ。バーニーはすでに一匹つかまえて、ジャックという名前をつけておりの中に入れて飼っているのだそうだ。ハムスターは夜行性動物だから、夜でなければ出てこない。つかまえるには夜が一番というわけだ。彼は前にも一度、車を借りてハムスター狩りをやっている。シリアン・ハムスターという名前で世界的に有名なのだそうだよ。うまい具合に車を借りることができたら、おそらくずっと車のなかでハムスターの話をバーニー自身の口から聞かされることになるだろうよ。笑うのはやめてくれよ、おばちゃま」

「止まらないのよ」と彼女は体を折り曲げて笑った。「ハムスターと羊とはね！」

「とにかく、計画をくわしく話すと、今晩、おばちゃまとジョーを乗せた車が狙撃手キャンプに着いたら、バーニーはキャンプの近くにライトを消してランドローバーを待機させる。われわれがうまく彼女を救い出したら、五十キロほど走ってわれわれをアッスクネのバスストップまで送ってくれる。そこでわれわれは何時間も辛抱強くバスを待つんだ。ジョーもいっしょだが、アメリカ人の格好をした彼とぼくらはまったく関係ないように振る舞わなければならない。彼は村人からホブズというパンをもらってくる。それだけがぼくらの食べ物だ。

水はボトル詰めのは飲むことはできない。ぼくらは土着のベドウィンに扮するのだからね」

「そのくらいは仕方がないでしょうね」とミセス・ポリファックスはうなずいた。「ファレル……」

「うん？」

「いえ、なんでもないわ」

と言って、彼女はもっとよく眠っておけばよかったと思った。ここに来てからほんの数日しかたっていないが、とても安全に感じた。いまここから出ていくのは、不安でならなかった。それに夜の行動ということにも不安があった。夜は眠るためのもの。一日の終わりに夜がある。人はたいてい疲れていて、傷つきやすい。彼女は前にもこのように感じたことがあった。自分をなんとか納得させなければならない、と彼女は思った。仕事だ、仕事のために自分はここにいるのだ、と彼女は自分に言い聞かせた。

「なんだい？」

とファレルは心配そうに聞いた。

彼女はあえていま心の中で自分に言い聞かせたとおり仕事の気分に切り替えて、実際的なことを考えることにした。

「もし糸と針があれば、これからの時間、アバヤの裏にポケットを縫いつけようと思うの。ベドウィンの格好をしてハンドバッグやバックパックを持つわけにはいきませんものね」

キャンプはもう目覚めていた。ミセス・ポリファックスはエイミーのテントに戻って、糸と針があるかどうか聞くことにした。

また長い待ち時間が始まった。作業員の一部は第二現場で清掃したり発掘したりして仕事を続けたが、ほかの者たちは、エイミーもその中の一人だったが、もうじきここを閉鎖するのに向けて、荷造りを始めた。箱に詰められた荷物はダマスカスの文化遺跡省へ送られ、そこで一つ一つ調べられ、どの時代のものか識別されて、一部はシリアの博物館へ、残りはアメリカの大学へ船積みされるのである。

一つ一つのアバヤに、パスポートとお金のための隠しポケットを縫いつけ終わったミセス・ポリファックスは、許されるかぎりエイミーの手伝いをした。ウマイヤ朝の砂漠の隊商宿がどのようなスケールのものだったのか、やっといま作業の内容を見るだけの余裕ができた。第二現場の穴が底まで届き、石畳が目の前に現れたのを見て感動した。ヨルダンでも彼女は復元された隊商宿を見たことがあった。大昔、ラクダとともにこの隊商宿に泊まった旅人たちのことはしかし、そのときはまったく想像できなかった。全体が博物館のようだった。いまやっと砂漠を越え、山々を越えて、思いもよらないほど遠いところからラクダに乗ってやってきたにちがいない隊商の人々のことを、はるかに思いやることができた。

いま、発掘された本物の隊商宿が、目の前にある。いったい隊商たちは何を持ってきて、何と取り替えたのだろう。

「まず銀の延べ棒ね」とエイミーはミセス・ポリファックスに聞かれて答えた。「それから金と香辛料と絹……でもなによりも多かったのが乳香（アフリカ・西アジア産の木からとれるゴム樹脂。宗教用の香として古くから用いられた）で、神さまに捧げたのね。それから」と彼女はさも当たり前のことのようにつけ加えた。「乳香もミルラ（没薬〈もつやく〉）も、人々が香水として使ったものなの。当時の人々はお風呂に入りませんでしたからね」

「乳香とミルラ！　まあ、聖書に出てくるような世界ですわね！」

とミセス・ポリファックスがため息をついた。

「ええ、でもキリストが生まれるよりもずっと前の話よ、これは」

とエイミーは事実を述べる淡々とした口調で言った。

「発見されたアッシリアの文章に、タドモールは紀元前一一五〇年にはあったと書かれているから、すでにそんな大昔にタドモールは砂漠横断の隊商宿として存在していたのよ」

「そんな大昔に？　砂漠横断の道というのは？」

「たいていイエメンで始まったの、ハドラマウトで。サウディアラビアの中をぐるっとまわって、メッカを通り、そこからいまのヨルダンのペトラまで行って、隊商はさまざまな方向に散らばっていったの」

そう言うと、エイミーは思いがけずにっこりとうれしそうな笑いを見せた。

「今シーズン、ここの現場ではちょっと興奮するようなものが発見されたのよ。粉々になった壺とか文字板とか印章とか水瓶などよりもっとすばらしいものが」

「興奮するようなもの？」

エイミーはうなずいた。

「見せてあげるわ。まだ箱詰めになっていないから。野外事務所にある鍵をかけた箱に入っているのよ。この発見で発掘隊は来シーズンにはもっと援助金がもらえるのじゃないかと期待しているの」

「まあ、ますます興味津々《しんしん》だこと」と言って、ミセス・ポリファックスはエイミーといっしょに野外事務所のほうへ足を向けた。「いったい何が見つかったの？」

「自分の目で見て……。第二現場で発掘が隊商宿の一番下の石畳まで届いたということはご存じよね。石畳の石の一つがゆるんでいたのよ。それで一週間前、作業員の一人がそれをこじあけてみたら、貴重品の入っている宝庫が見つかったの。それこそ昔むかしのものよ。ということは隊商宿はカスル・アル・ヒルトよりも前にあったということを暗示しているのよ」

「それは、ほんとうに興奮しますわね」

とミセス・ポリファックスはうなずいた。

「これは推量ですけど、発見したものから見て、この隊商宿は略奪者たちに襲われたのだと思うの。隊商は当時、乳香を六頭のラクダに積めば一頭は自分の私的なものが積めるというきまりだったから、ある隊商を組んだ商人が、まあ、彼がだれであれ、個人的に大切と思うものをその一頭に積んだのではないか、そしてそれを略奪者から奪われないように地中に埋めたのではないかと想像するのよ。絶望的に急いで石畳を掘り返して土の中に隠したものだと思うの」

そう言って、エイミーはにっこりほほえんだ。

「わたしたち、その男のストーリーをいまいろいろ想像しているところよ。その男のことも、いったい何事が起きたために宝物が埋められたのかということも。というのも、彼は自分が埋めたものを取り戻しには来なかったからなの。略奪者たちの襲撃で、彼は捕らえられたのか、殺されたのか、いったい何が起きたのか」

エイミーはミセス・ポリファックスを野外事務所の一隅に連れていった。そして木箱の南京錠を開けるとふたを上げた。

「さあ、見て！」

と言って、彼女はミセス・ポリファックスの手のひらに、時の経過で凹凸がなくなった大メダルの連なるネックレスをのせた。一つ一つに女の顔が刻まれている。

「すばらしいわ」とミセス・ポリファックスは息をのんだ。「真鍮かしら」

「いいえ、金よ。純金。磨けば光るわ。ダマスカスに持って行けばどの時代のものか見当がつけられるでしょうが、ロビンソン博士によれば、紀元前一〇〇〇年は下らないということよ。こっちは動物の骨や象牙で作られたネックレス。それからおもしろいものがあるわ」

と言って、彼女はこはく色の粉の入った袋を見せた。

「これは乳香の粉なの。まだ香りがするわ。嗅いでみて」

「うーん」

とミセス・ポリファックスは匂いを嗅いでうなった。それ以上に感激したのは、次にエイミーが彼女の手に渡してくれたものだった。小さな箱で、中には色の褪《あ》せた花束があった。

「乳香の木の花よ」

とエイミーは言った。

前にかがんで、ミセス・ポリファックスはそれが地中でほぼ完璧に保たれてきたことに目を見張った。黄色い花びらはいくぶん色褪せてはいるが、それぞれの花の中心にはかすかに紅い色が残っている。そしてかすかな香りが花から漂ってきた。

「それで、これにはどんなストーリーが作られるの？」

「それが考古学のロマンなのよ」

とエイミーは認めた。深いしわが刻まれた顔がふとやわらかくなった。

「この花束は彼を深く愛していた人から贈られたものだと思うわ。お守り、護符としていつも持っているように、と」

「でも、彼はその人のもとには戻らなかったのね」

ミセス・ポリファックスは悲しくなった。ジョーのバビロニアのお祈りの言葉のようだ。過去からやってくる亡霊は、人の心を決して答えられない問いで満たす。

「そうね、きっと戻らなかったのでしょうね」

とエイミーは言って、その小箱をそっと木箱の中に戻しふたを閉めて錠を下ろした。

「どうしたのかしら、あの音は？　なんの騒ぎ？」

ミセス・ポリファックスは外の音に耳を澄ませて、にっこりほほえんだ。

「羊のようですわね」

そう言って、彼女はエイミーをその場に残して外に出た。

彼女の目に飛び込んできたのは、三、四百メートルも続く羊の群れを率いて歩いてくるジョーの姿だった。羊たちはキャンプの外で止められていたが、ベーベー鳴いて大声で抗議していた。さまざまな色の羊がいた。黒、茶、白、クリーム色……。羊たちの後ろにはベドウインの少年二人が棒を持って目を光らせている。

エイミーが後ろから出てきて、ミセス・ポリファックスのそばに立った。

「ジョーったら、いったいどうしたというの？　立派な学者が羊飼いのまねなんかして、どうなったの？　だいじょうぶかしら」

「どの人の心の中にも、子どもがいるものですわ」

と言ったミセス・ポリファックスは、ちょうどそのときテントから出てきたファレルを見て満足した。金網を切るはさみを手にしている。ここからはジョーに代わって彼が羊を率いるのだ。そして暗くなったら金網を切って破り……。ミセス・ポリファックスは時計を見た。四時半だ。少し遅れているが、きっと太陽が沈んだあと、八時頃には狙撃手のキャンプに着くだろう。羊は少なく見ても百頭はいるだろう。とても多くて数え切れない。

「どう、エミリー叔母さん？」

とジョーがにっと笑って言った。それからエイミーにからかうように言った。

「顔色が悪いけど、どうかした？」

「今日、あなた、働かなかったわね」

「ああ。でももう今シーズンも終わりに近づいたから、ぼくは叔母さんにこの国を少し見せるために、早く切り上げたいとロビンソン博士にお願いしたんだ。おばさんはアレッポも見ていないし、住人が古代アラビア語をいまでも話し、青い家が山の峰まで連なるマールーラもまだ見ていない。また、暑くて湿気の多いサフィターも。サフィターはぼくの好みのところだけどね。あと八日しかいられないんだよね、エム叔母さん？」

　と言って、ジョーはにやにやした。

　まったく、とミセス・ポリファックスは心の内で思った。ウマイヤ朝を研究する学者にしては、この若者は驚くほどのスピードで学者臭さを振り落としているわ。それも心から楽しんでいる。下手をすると捕まって、全員監獄に入れられるかもしれないというのに……。おおいやだ、これ以上は考えたくもないわ。

「バーニーのところに行こうかな」

　と言うと、ジョーはその場を離れた。もちろん、暗くなったらハムスターを探すという名目でランドローバーをうまい具合に借りることができたかどうか、聞きにいくのだろうとミセス・ポリファックスは思った。

　夕食はまたフィルフィルだった。アルグブのラクダの鳴き声が砂漠にこだました。食後の会話がはずみ、そして静かになった。太陽は夕日に輝く空のかなたに沈み、ランプが灯された。そして一人ひとり、第五キャンプの人々はテントに引き上げていった。ミセス・ポリファックスはパスポートとお金を粗《あら》い布のアバヤの裏に縫いつけたポケットに入れ、ジェラバとスカーフとサンダルとファレルが頭にかぶるカフィエを一包みにして、静かに待った。

外に車が止まる音がした。ジョーのテントの前だ。ミセス・ポリファックスはそっと外に出てするりとランドローバーに乗り込んだ。荷物を後ろの席に投げてそのそばに座り、運転するバーニーの隣にジョーが乗り込むと、車は静かに出発した。

第十二章

車は夜の砂漠を走った。雲が欠けだした月をおおい、星の光も弱かった。地面はでこぼこだったが、ミセス・ポリファックスはなんとか黒いバギーパンツに茶色のアバヤをはおり、白いスカーフをかぶり、西洋のウォーキングシューズからサンダルにはきかえることができた。

「ここで止まってくれ」とジョーは車を止めた。「ここで降りよう。ここから三キロほどのところにキャンプがある。ぼくは時間を計っていたからわかる」

「そうか」と言って、バーニーは自分の懐中電灯をジョーに渡した。「羊たちが全部キャンプに入ったのを見てから、ぼくはライトを消して車をできるだけ近づけて待つよ。神のために、そしてぼくのためにもだが、ジョー、気をつけるんだぞ」

「バーニー、愛してるよ」とジョーはふざけて受けた。「用意はいいですか、ポリファックス叔母さん？」

「ええ、いいですよ」

と彼女は答え、彼らは車を降り、夜の肌寒い砂漠を歩き出した。鼻をつままれてもわからないほどの暗さだったので、ファレルが突然現れたときは、二人とも後じさりするほど驚いた。

「羊はどこ?」

とミセス・ポリファックスがささやいた。

「向こうの小高い砂山の陰に隠している」とファレルは指さした。「ヒシャムとラチッドが羊を完全にコントロールしているからだいじょうぶだ。羊たちも疲れて静かにしている。ありがたいことに。そして」と彼は自慢げに胸を張った。「フェンスに十分な穴を開けたよ。少なくとも一メートル五十センチほどの幅はあるだろう。キャンプの明かりはさっきすべて消えた。中の人間はみんな眠っているだろう」

「そうだといいですけど」とミセス・ポリファックスが小声で言った。「アマンダが入っていったテントは右側の奥から二番目よ。いいこと、おぼえていて」

ファレルはうなずいた。

「わかった。だが、羊がキャンプになだれ込んだら、先頭に立ってリードしてくれ。アマンダは女性のあなたなら警戒しないかもしれないから、近くに行ったら声をかけてくれるか。ぼくはすぐ後ろについていくから」

「ぼくはその後ろに続く」とジョーが言った。「じゃまをするやつは容赦なく殴ってやる」

手順を話し合うと、ファレルとジョーは羊を追い立てに行った。ミセス・ポリファックスは暗い砂丘の下のくぼみに腰を下ろして待った。サソリが這いあがってこないように祈った。

神経を落ちつかせるためにサイルスのことを考えようとしたが、これはなかなかむずかしいことだった。彼は明かりがふんだんにあり蛇口をひねればお湯の出る、そして自動車があり本のたくさんある豊かな世界にいる。それはいま彼女がいる世界とは完全に異なるところだ。いま彼女はベドウィンの扮装をして狙撃手のひそむキャンプをうかがっている。いま彼女が痛いほど感じているのは、激しい恐怖、恐れと緊張の混じった、おぼえのある興奮だった。だいじょうぶ、きっとうまくいくわ、うまくいく、と彼女は呪文のようにくりかえし唱えた。

羊の鳴き声があたりに響きわたって、ミセス・ポリファックスは立ち上がった。彼女に向かって羊の群れが進んでくる。鳴き声から彼らがこの夜中の行進を嫌がっているのがわかる。

彼女は羊の群れの先頭に立ってフェンスに向かった。後ろから羊がどんどん押してくる。丘の上まで登ってファレルが破った穴からフェンスの中に入り、後ろを向いて羊を導いた。羊たちは後ろから押し出され、ほかに行くあてもなくただひたすらに先に立つ羊のあとに続いた。群れはお互いを踏みつけながら、押し合いへし合い穴をくぐって入ってきた。

おびただしい羊の群れが自分のあとに続いてキャンプの中になだれ込んでくるのを見て、ミセス・ポリファックスは胸が痛んだが、後悔しているひまはなかった。キャンプは暗く静かだった。数え切れないほどの羊でキャンプの中の地面が見えなくなったとき、ファレルとジョーはミセス・ポリファックスのすぐそばにぴったりついた。そして杖で羊たちをどんどん先に進ませ、三人は羊に押しもまれながらテントに近づいた。

ファレルの「早く、もっと早く進め！」と羊の群れに向かってどなるのが聞こえたが、ミセス・ポリファックスはもはやそんなことを言う必要はないと思った。後ろの羊が前の羊を押しつけて、突然、彼らは暴走しだした。ミセス・ポリファックスは地面に押し倒されそうになった。

「羊も暴走するじゃないの！　見て、これを！」

と彼女は体をすり抜けて走っていく羊たちを指さしてファレルに叫んだ。まっすぐに立っているのもむずかしい中を漕ぐようにしてキャンプの右端まで行き、「アマンダ、アマンダ・ピム！」と叫んだ。そのまま奥から二番目のテントまで行き、ふたたびアマンダの名前を呼んだ。

奥から二番目のテントの入り口の布の間から女の姿が見えた。動かずに様子を見ている。中からアラビア語で叫ぶ女の声がする。ミセス・ポリファックスは女のすぐ近くまで行って、顔を見た。アマンダ・ピムにまちがいなかった。

「来るのよ！」

と叫んでミセス・ポリファックスは彼女の腕をつかんだ。

どこかから男の声が聞こえた。

「なにごとだ！　ジーブ・エッダール、明かりをつけろ！　銃はどこだ！　ばかやろ！」

アマンダ・ピムらしき若い女性は、わけがわからないようすで、ただ呆然として暴走する羊の群れを見ている。そのときファレルが近づいたかと思うと、ぱっと彼女の体を持ち上げ、肩にかつぐと、暴走する羊の上から「行くぞ！」と叫んだ。ミセス・ポリファックスはファレルのあとに続いて、羊の群れとぶつかりあいながら野外トイレと穴の開いたフェンスのほうへ夢中で走った。後ろから銃声が聞こえた。彼らはフェンスの穴に飛び込んで外に出た。後ろからアラビア語で叫ぶ声がした。振り返ってみると、懐中電灯の光が飛び交ってまるで蛍が乱舞しているように見えた。そのままミセス・ポリファックスはファレルに続いて丘をすべり落ちた。

バーニーが丘の下にランドローバーを用意していた。ファレルがアマンダ・ピムを後部座席に投げ下ろすと、続いてミセス・ポリファックスがそのそばに飛び込んだ。そしてファレルがそのあとに続いた。前の助手席にはジョーが飛び込んできた。ヒシャムとラチッドはランドローバーの両サイドにしがみつき、車はライトもつけずに猛スピードで走り出した。ごつごつした砂漠の地面を時速百二十キロの速さで飛ばした。でも、このあとはいったいどうなるのかしら？　ミセス・ポリファックスは不安だった。ここまでは成功したが、このあとはすべてが不確かだった。

十キロほど走ったところで、バーニーは車を止めた。ジョーは羊飼いのヒシャムとラチッドにアラビア語で話しかけた。二人は車を飛び降りた。ジョーが「アッラー・イッセリマック（アッラーの神のご加護を）」と彼らに手を振った。そして今度は英語で「明日羊を集めるときに、あのキャンプには近づくなと注意しておきました。なにしろあの金網の穴は説明できませんからね」

「そりゃそうだ」

とファレルがうなずいた。

バーニーはヘッドライトをつけた。光の反射で車の中に座っている新しい人が見え、彼は後ろを振り向いて言った。

「めずらしいお客さんだね。女の子？　男の子？　しかも迷彩服とはね」

そう言われて初めてみんなはアマンダを見た。バーニーが性別がわからなかったのも無理はなかった。彼女は男の子のヘアカットをされていた。短く刈り込んだ毛のために、大きな灰色の目が目立った。高い頬骨の、日に焼けた少年のような顔だった。まるでうにのようだわ、とミセス・ポリファックスは思った。体をちぢめて車の隅にうずくまっている。目には恐怖が表れている。

「もう始まるの？　こんなに早く？」

と彼女は小声で言った。

「いいえ」

ときっぱり言って、ミセス・ポリファックスはバーニーに声をかけた。

「バーニー、いまは話をしているときじゃありませんよ。運転だけしてちょうだい。どこまで来たのかしら」

「これは失礼。いや、もうアッスクネとタドモール方面に向かうデリゾールからの高速道路に近いですよ。アッスクネの近くまで行ったら車を止めます。ぼくの尻の下にあるジェラバから察して、アッスクネのバス停に着く前に、みんなこれを着るほうがいいのでしょうから」

「そのとおり」とジョーが答えた。「きみはぼくの一張羅のツイードの上着も尻の下にしいてるよ。まったく。しわにしないでくれよ」

アマンダの頭がミセス・ポリファックスの肩にがくんともたれかかった。眠っている。

高速道路はアスファルト舗装されていて、まっすぐでなめらかだった。でこぼこの砂漠の地面になれていた彼らにとってはありがたかったが、一方、交通量もかなりあった。綿《わた》を満載したトラックがランドローバーを追い越した。

「綿だわ！」

ミセス・ポリファックスが叫んだ。

「そうです」ジョーが言った。「この付近は綿の産地ですから」

メロンを積み込んだトラック、軍隊のジープ、重油の輸送車が追い越していった。行く手に、道路にそって黄色い街灯が見えてきた。バーニーが脇道に入って、止まった。

「アッスクネの近くだ。なにか準備することがあるのなら、ここでやらないと」

ミセス・ポリファックスはアマンダを見た。

「起きるのよ、アマンダ」と言ったが、なんの反応もない。「困ったわね、起きないわ」

バーニーは運転席からくるりと後ろ向きになって、懐中電灯で彼女の顔を照らした。

「クスリを飲まされているんじゃないかな。睡眠薬を飲まされている可能性があるよ」

「強制的に、かもしれない」

ファレルがミセス・ポリファックスのそばから手を伸ばして、アマンダの頬を平手でたたいた。左、右とたたかれて、やっと彼女は目を開けた。驚いている。

「さあ、車を降りるんだ」

とファレルが教えた。

アマンダはすなおに車を降りた。ミセス・ポリファックスが迷彩服を脱がせようとしてファスナーに手をかけると、気力なく従った。

「今度はどこに連れていくの？」

と心細そうな口調でつぶやいた。

ジョーはこの言葉にショックを受けたようだった。

「ぼくたち、アメリカ人だよ、アマンダ。きみを救いに来たんだ……インシャーアッラー（アッラーの神のみ心のままに）」

と思わずイスラムの祈りの言葉をつけた。

「わたしを知っているの？」

彼女はとまどった。

「きみはアメリカ人のアマンダ・ピムだとぼくたちは知っている。ちょっとややこしいがこれからきみにアラブ人に変装してもらう。頭をスカーフでつつんで、サンダルをはくんだ。いいかい、きみはお行儀がよくて、とてもおとなしい若いアラブ人女性になるんだ。きみがそれをうまく演じてくれるかどうかにぼくたちみんなの命がかかっているんだから、しっかりやるんだよ。うまくいけば、このままシリアを脱出できる」

「アメリカ人……?」

と彼女はぼんやりとつぶやいた。

「ええ、わたくしたち二人はベドウィンの格好をしていますけど、アメリカ人ですよ」

とミセス・ポリファックスが説明した。

「これからみんなでダマスカス行きのバスに乗るのです。わたくしはあなたの母親で、こちらのミスター・ファレルは父親。こちらはジョー。でも、彼はアメリカ人でわたくしたちを知らないことになっていますから、バスに乗ったら話しかけないこと。わかりました?」

アマンダの目はジョーのアメリカ的なツイードのジャケットに移った。これがアマンダにもしかしてこの話はほんとうかもしれないと思わせる効果があったようだ、とミセス・ポリファックスは思った。そして、彼女を少し離れたところに引っ張っていって、迷彩服を脱がせて、地味なジェラバを渡した。

まあ、なんて痩せていること! とミセス・ポリファックスはかわいそうになった。

「わたくしたちを信じて、アマンダ。これを着るのよ」

アマンダが着替えて、頭を黒いスカーフでつつみ、ブーツをサンダルにはき替えると、ミセス・ポリファックスはジョーを呼んだ。ジョーはメイキャップ用の眉墨でミセス・ポリファックスの眉毛を太くし、目のまわりを黒く縁どった。

それから「じっとして」と言って、アマンダの目のまわりも黒く隈どりをした。そしてフアレルにも眉毛を太く黒く塗った。ファレルは伸びた無精ひげと太い眉毛にジェラバスタイルで、完全にアラブ人に変装した。彼らが変装している間、バーニーはズボンの両ポケットに手を入れて、彼らに背中を向けて立っていた。バーニーは何も知りたくないと言っている、とミセス・ポリファックスは聞いていた。おもしろいこと。こんなに力を貸してくれて、しかもいままでは、ずいぶん知りたくないことも知ってしまっただろうに、それでも何も質問しないのだわ。ジョーはほんとうにいいお友だちをもっていること、と彼女はバーニーの背中を見ながら思った。

彼らはふたたびランドローバーに戻り、アマンダを囲んで乗り込んだ。アッスクネに着くまで、全員無言のままだった。アッスクネの町は、寝静まった中西部の町のように見えた。ただところどころにネオンサインが光り、黄色と青の看板のあるガソリンスタンドもある。ただし、文字はすべてアラビア語。町全体は暗くて見えない。

バーニーはランドローバーのスピードを落とした。街灯の下の数カ所にすでに人影が見える。かたまってバスを待ちながら食べ物を分け合っているらしい。こわれたプラスチックのボトルや空っぽのソーダの空き缶が散らばっている。その上のオレンジ色の塀にはマンダリン・ソーダとラッキー・ストライクの看板と並んで、笑っているハフェズ・アル・アサド大統領の下手な似顔絵があった。

バーニーが後部座席に手を伸ばして、ミセス・ポリファックスに包みを渡した。

「どうなさったの？　なに、これは？」

「ブドウです。それとナツメヤシの実も入ってます。いいプロテインですよ」

とバーニーは言った。

「そしてこれがバスの切符。昨日入手しておきました」

ここで彼はいったん言葉を切った。ミセス・ポリファックスが感謝の言葉を伝えようとすると、バーニーは笑顔で言った。

「お会いできて、光栄です、『ジョーの叔母さん』」

それからにっと大きく笑うと、

「お元気で！」

と言って、片手で敬礼すると、彼はランドローバーを走り出させた。あとには心細そうな三人のアラブ人とアメリカ青年一人が残された。

「腰を下ろしましょう」

と彼女は低く言った。

ジョーがうなずいた。

「ここからは話しかけないで」と言い、アマンダに向かって「あとで話すよ。きみはいまアラブ人だ。わかるね？」とささやいた。

彼女は無表情なままジョーをじっと見て、うなずいた。さっきよりは少し元気になったようだ。ミセス・ポリファックスを横目で見ている。まるでいま初めて彼女の存在に気づいたような顔をしている。その顔に一瞬、微笑のようなものが浮かんだのをミセス・ポリファックスは見逃さなかった。この若い女性のために遠い道のりをやってきたのだ。聞きたいことが山ほどあった。しかしこれから彼女たちは口のきけない人のように無言でバスに乗り込み、旅を続けなければならない。

ミセス・ポリファックスはオレンジ色のブロック塀を指さし、アマンダといっしょに道を渡って塀の下に座り込んだ。ファレルもそれに続いた。薄暗い光の中で、彼は驚くほど疲れて見えた。体全体がぐったりと垂れ下がっている。そのためまったくファレルとは見えなくなっているのはよかったが、彼の体の具合がミセス・ポリファックスは心配になった。彼女も疲れていた。ひたいの傷は一日中うずいていたが、いままたはっきり痛み出した。しかし、縛り上げられ、殴られ、何十キロも歩いてきたのは彼女ではなかった。いつも元気そうな彼だが、元気そうに振る舞うのに、彼は体の奥に蓄えてあったエネルギーまで使ったのにちがいない。ミセス・ポリファックスはファレルの手を握った。

「眠って、ファレル。必要よ。起こしてあげます」

ファレルは苦々しそうに笑ってうなずいた。彼女が手を離すと、彼は目を閉じた。ほんとうに眠ったかどうかわからなかったが、しばらくは彼女がガードする番だった。眠らないようにするために、彼女はファレルとの最初の出会い、不思議な、異様な出会いのことを思った。メキシコの空港で、気がついたとき、背中あわせに二人は縛られていた。それから九死に一生を得てアルバニアから脱出……。カーステアーズの仕事でいままでに出会った数々のすばらしい人々、そして……。彼女の思いは、その中でもとくになつかしい人、本名はいまでも知らないある男にたどり着いた。「あなたがもしブルガリア人だったら、アメリカ人のあなたよ、わたしたちは世界を変えることができたのに！」という言葉も思い出した。きっと、わたくしたちは、それでも少しは世界を変えたのかもしれない。ツアンコのことを思い出し、彼女は自分が思いがけなくもたどった不思議な、豊かな遠回りを思った。この遠回り、カーステアーズのもとで働くようになった人生後半のためにいま、彼女はシリア砂漠の町でバスを待っているのだ。いまのこの瞬間にも、二人組はファレルを探しているにちがいない。それにアマンダが囚われていた狙撃手キャンプの男たちは、怒り狂って捜索を始めているにちがいない。

三人が変装を暴かれ、追っ手に突き止められるまで、あとどのくらい時間があるのだろう。もし無事にダマスカスまで行くことができたとしても、その先は？　スークのじゅうたん売りの男が、彼らの唯一の希望だった。それも、あの雑踏の中を、あの家までたどり着くことができれば。

第十三章

バーニーが彼らをアックスクネの近くで車から降ろしたのは、真夜中である。明るい色のバスが姿を現したのは、それから三時間後の午前三時をまわったころだった。それまでに、ほかに四人の乗客がやってきた。全部男だった。ミセス・ポリファックスはその一人ひとりをよく観察した。三人の男はいっしょだった。ミセス・ポリファックスにもファレルにもアマンダにも一瞥もくれずに、にぎやかに笑いながら話している。町に働きに行く労働者かもしれないとミセス・ポリファックスは思った。四番目の男は暗闇からのっそり現れた。ミセス・ポリファックスたちのそばを通りながら、一人ひとりをゆっくりと見て、街灯の陰になる地面に腰を下ろした。その目つきが何気ないようでありながら探るようなものだったので、ミセス・ポリファックスは気になった。男は痩せていて顔も鼻も細く、貧弱な口ひげ、浅黒い肌に鋭い目、質素なジェラバに格子模様のカフィエ、そして茶色のサンダルを履いていた。この男から目を離さないことにしよう、とミセス・ポリファックスは思った。

バスがやってくると、ジョーは古い石油缶から腰を上げて、両手を伸ばしてあくびをして立ち上がり、ひとりごとを言った。

「ダマスカス行きのバスがきたぞ。よかった！」

彼らはぞろぞろとバスに乗り、ミセス・ポリファックスに起こされたファレルが一番後ろの席を三つ確保した。ミセス・ポリファックスはバスに乗り込む人をよく見ていたが、四人目の男の姿はバスの中には見えなかった。

おかしいわね。バス停にはいたのに、乗らなかったなんて。また暗闇の中に消えたのかしら、とミセス・ポリファックスは心の中でつぶやいた。

バスはアラブ人に変装した三人を乗せて出発した。貧しい農家の夫婦と娘。ミセス・ポリファックスはひざに食べ物の包みをしっかりと押し当てた。もしアマンダが恐怖にひきつった顔をしているように見えても、それは未婚のアラブの若い娘が羞恥心から緊張している、と人からは見えるかもしれない。そしてファレルはバスが走り出すとすぐに眠った。眠るふりかもしれないが、目を閉じたまま動かなかった。バスはタドモールに向かって走っている。ミセス・ポリファックスは読むことも話すこともできなかったので、外に目を向けて景色を見ることにした。太陽がしだいにのぼって、いままで暗やみに包まれていた家並みや野原や人々の姿が見えてきた。バスはロバの背に荷物を両側にぶら下げて斜めに座っている少女のそばを通り越した。遠くに黒っぽいベドウィンのテントが見えた。羊が丘の斜面に散らばっている。荷物を満載したピックアップトラックがバスを追い抜いた。重油の輸送車、マツダやスズキの乗用車もバスを追い越していった。

ミセス・ポリファックスは話がしたくてしようがなかった。めずらしいものが目に入れば、

「見て！」と言いたかったし、いっしょに笑いたかった。また隣に座っている若い娘にも聞きたいことが山ほどあった。そもそもどうしてあの狙撃手《スナイパー》キャンプにいたのか？　ここに来る前の生活はどうだったのか。どんな苦労をしてきたのか。彼女がほぼ二カ月いっしょに過ごした者たちは、いったい何者なのか。しかし、いまここで話をするのは命取りになりかねなかった。

いままでも変装したことはあった。が、ミセス・ポリファックスは一言も話してはならない状況に身を置いたことはなかった。前方の席で愉快そうに運転手とアラビア語で話しているジョーが心からうらやましかった。前にもこのバスを利用したことのあるジョーは、運転手と顔なじみらしい。しかしいまミセス・ポリファックスにできることは正面を見て、残り時間を数えることだけである。彼女にとって、これはたまらなく苦痛で、欲求不満を感じさせることだった。

バスがタドモールのターミナルに入ったとき、ミセス・ポリファックスはスカーフを深くかぶって窓から顔をそむけた。これはファレルといっしょに探したバスターミナルだった。もう一世紀も前のことのように思えた。ここからほんの少し離れたところに彼女たちが襲われた路地がある。ミセス・ポリファックスは軍人や警官が身分証明書のチェックにバスに乗り込んで来ないように祈った。乗客が降り終わったあとに乗り込んできたのは、ほとんど観光客ばかりだった。笑い声とおしゃべりで陽気に乗り込んできたドイツ人観光客を見て、ミセス・ポリファックスはうらやましいあまり憎らしく思ったほどだった。

わたくし、気むずかしいおばあさんみたいだわ。ああ、気楽な観光客がうらやましい。ダマスカスまではあと三時間。彼女は目を閉じてダマスカスのスークにあるオマールのじゅうたんの店の位置を思い出そうとした。銅の器の店があった。アサド大統領の写真が飾ってあった。一つは笑顔、もう一つは厳しい表情のものが壁に掛かっていた。でもほかにも確かおぼえておこうとしたことがあったはず。なんだったかしら。じゅうたんを売っている店は迷路のようなスークの路地には無数にある。そうなるとハフェズ・アル・アサド大統領の二つの写真だけがオマールの家を探す手がかりか？

わらの中に針を探すようなもの、と彼女は思った。しかしそのとき、羊の皮……そうだわ、羊の皮の店もあったと思い出した。ここまで思い出せたら、よしとしなければ。

ダマスカスに着く前に、バーニーがくれたブドウとナツメヤシの実をファレルとアマンダと分けて食べた。ファレルはジョーがくれたパンを取り出した。食べ物は疲れきった三人を癒した。最後にものを食べてからずいぶん時間がたっていた。ダマスカスのスタシオン・ドートブス（バスステーション）に着いたころには、ブドウは一粒残らず、パンも最後の一片まで食べ尽くされていた。ジョーは最初にバスを降り、だれか迎えの人が来るかのようにしきりに時計を見るふりをしていた。

ミセス・ポリファックスとファレルとアマンダがバスを降りるのを待って、ジョーはバスターミナルの広場を横切って細い通りに入った。三人は距離をおいて彼の後ろからついていく。数ブロック行くと、ジョーは右に曲がった。ミセス・ポリファックスはほっとしてアマンダの腕をやさしくつかんだ。殉死者の広場に出たのである。見覚えのあるところで、旧市街はもうすぐだ。

ミセス・ポリファックスの時計でちょうど午前九時十分、彼らはアル・ハミディーヤというスークの入り口にたどり着いた。スークには前と同様、人混みと陽気な音楽、売り子の呼び声、アラブの市場独特の活気のある雰囲気が満ちあふれていた。こんどはジョーがさりげなくうなずいて先をゆずり、ミセス・ポリファックスたちの後ろからぶらぶらとついてくる。アマンダは明らかにこの迷路のような路地とおびただしい屋台や露店の活気に圧倒された様子で、目を輝かせている。刀屋の刃物の陳列の隣にはフリルのついた色鮮やかな子ども服が売られている。高く山積みされた果物の屋台、ジェラバの店……。これはたしかにペンシルバニア州の田舎町ローズヴィルとはちがうでしょうね、とミセス・ポリファックスはアマンダを見てほほえんだ。

九時半ごろ、床屋が目に入ってミセス・ポリファックスは立ち止まった。床屋……。そうだわ、床屋を忘れていた。ファレルを肘でつつき、後ろを見て、ジョーがついてきているかを確かめた。床屋の脇に目立たない細い路地がある。

彼女は店を数え始めた。床屋、羊の皮の店、銅鍋……あった！　オマールの店が四番目にあった。

「ああ、でも、これは！」

彼女は思わず声をあげてしまった。店は閉まっていた。金属シャッターが降りて、錠前がかかっていた。

アマンダが不思議そうに見ている。ジョーは話してはいけないのも忘れて、声をかけた。

「どうしたんです？　ここであることは確かなんですか、ミセス・ポリファックス？」

「ええ。絶対に」とミセス・ポリファックスは小声で言った。「ほら、この店の角から石壁の通路に入るでしょう？　そして彫り物のある木製の扉が道の真ん中へんにあるわ。ええ、ここです、まちがいないわ」

ああ、オマールが家におりますように、と彼女は祈った。

「やってみましょう、それしかないわ」

彼が家にいて救いの手をさしのべてくれると希望するよりほか、道はない。

できるかぎりさりげなく、彼らはゆっくりとその細い路地に入り、ノックした。反応はない。ミセス・ポリファックスはまたノックした。三度目のノックをしたとき、扉が突然開いた。

アブドゥル少年だった。目が驚きで大きく見開かれている。

「あなたか？」

と少年はめざとくジョーを見つけてつぶやいた。それから首を伸ばして路地の左右を見回し、ジョーと三人に目を戻した。

「でも、いったい……ミーン？」

「あなたはだれか、と聞いています」

とジョーが通訳した。

「アメリカ人です。全員。わたくしたちを知っているでしょう？　月曜日にシタデルの前で会い、ここでお茶をいただき……」

少年の後ろから声がした。

「中に入れなさい、早くだ、アブドゥル」

彼らはほっとして中に入った。ドアが後ろで閉まった。

オマールと自己紹介した男が机で仕事をしていた。机の上の電気スタンドが消される前に、ミセス・ポリファックスは男の顔を一瞬、見た。立ち上がりながら男は鋭く言った。

「わしの背中にもナイフが突き刺さるのを見たいのか？　どうやってここがわかった？　尾行されていないか？　いっしょの人たちは何者だ？」

椅子をすすめられてはいなかったが、ミセス・ポリファックスは椅子に腰を下ろした。

「パルミラで男の人が刺されたことですか？　あの人は死んだのですか？」

彼は厳しい顔のままうなずいた。

「わたくしといっしょにきたこの方たちは……」

とミセス・ポリファックスが話し出したのをジョーがさえぎった。

「アブドゥルがぼくのことを知っています。彼とは月に二回、水曜日にアル・アラビ・レストランの前で話をしていますから。ぼくはテル・ハムサにいるジョー・フレミングです」

オマールは目を細めて冷たくジョーを見た。そして次にアマンダに目を移した。

「これが、ファリーク・ワザガニのような優秀な学者が殺されるに値するほどの女か、この小娘が？」

「殺された？　だれが？　どうしたの？　いったいあなたがたはだれなの？」

ミセス・ポリファックスはアマンダをしずめた。

「あなたにはあとでお話しするわ」

と言って、彼女はオマールに正面から向き合った。

「これがアマンダ・ピム。そうです、彼女を見つけ出すためにわたくしたちが送り込まれた、その人です。二カ月前、この女性は二百三人の命を救ったのですよ。ダマスカスに強制着陸させられたハイジャック機を救ったのです。でも、空港を出るとすぐに誘拐されてしまったのです」

オマールはアマンダに頭を下げた。

「失礼なことを言ってしまった。許す喜びのほうが復讐の喜びよりも大きいと言われている。ファリークを殺したのが警察ではないと聞いてから、犯人を見つけたらきっと殺してやると心に誓っていた。私は彼の死を悲しんでいる。理由は知らないが、誘拐者にとってあなたは特別の価値があるのだろう。私にとってファリークが掛け替えのない友人であるのとおなじくらい、彼らにとってあなたは重要なのかもしれない」

「ファリークって……だれなの？」

アマンダが戸惑った。

「彼女は何も知らないのです。わたくしたちもそれはおなじ」とミセス・ポリファックスはオマールに言った。

「彼女とはまだ満足に話もしていないのです。救い出したとき、彼女は薬を飲まされていて意識がはっきりしていませんでした。そのあとはベドウィンの家族に扮装していましたから、英語で話すことなどまったくできなかったのです。アメリカ人であることがバレてしまいますからね」

「なるほど」

と言って、オマールは早口でアブドゥルになにかを命じ、少年は姿を消した。

「近くにあやしげな者が、警察でも、いないかどうか、見てこいと言ったのです」

とジョーが説明した。

アマンダは首を振った。

「警察はいないと思う。わたしを追っているはずがないわ。彼らは警察には接触しないようにしていたから」

「それはおもしろい」とオマールは彼女を見た。「なぜだ?」

アマンダは首を振っただけだった。

アブドゥル少年が戻ってきた。

「だいじょうぶ。オーケー」

「タイブ! よし。椅子を持ってきてくれ。そしてお茶を出してくれ、アブドゥル」

そしてミセス・ポリファックスたちに初めて興味を持った顔で聞いた。

「この若いご婦人をどこで見つけた？」

「砂漠の奥の狙撃手のキャンプです」

とジョーが答えた。

「狙撃手のキャンプ？」とオマールは声を荒立てた。「いったいまたなんのためにこんな女性がそんなところに？」

アマンダは答えず、ただオマールを見返した。

「アマンダ、わたしたちの運命はいまオマールの手にゆだねられているのよ」

ミセス・ポリファックスが静かにアマンダに話した。

「彼のことは信用していいわ。信用してちょうだい。わたくしたちはみんな、力を合わせてあなたをこの国から脱出させようとしているのよ」

アマンダはしぶしぶと低い声で言った。

「人を殺す練習をさせられていた」

「人殺しの練習をさせていたのは、だれなんだ？」

オマールの追及は厳しかった。

アマンダは首を振った。

「おねがい」

とささやくように言った。

「おねがいだって？」

とオマールは皮肉な調子で繰り返した。

「彼らの名前を言ったって、なんの意味があるの？」と彼女は落ち込んだ声で言った。

「知らない人たちばかりだった。わたしが話をしたって、だれが信じるというの？」

「ぼくたちは信じるよ」

とファレルが口をはさんだ。

アマンダはまるでわなにかかった動物のようにあたりを見回した。

「ここではなにも話せないわ。おねがい、はっきり安全とわかるまでは何も話したくないの」目に涙があふれた。「毎日脅かされていたわ。そして毎晩眠り薬を飲まされた。みつかったら殺される」

オマールは鋭い視線をアマンダに投げた。

「じつに信じられない話だ。若い女が、しかもアメリカ人が暗殺の訓練を受けていた？　彼女の言うとおりだ。だれも信じないだろうね」

それからまた彼女に質問した。

「訓練に使った武器はなんだ？」

アマンダは唇をゆがめた。

「旧式のVZ58Vライフル銃、たまに新しいSKSライフルのこともあったわ」

オマールは驚きの表情を見せた。

「ビケッフィ（じゅうぶん）……そこまででいい。本当の話かもしれない。しかし……なぜあんたなんだ？」

アマンダは涙に濡れた顔をあげた。

「最初はわたし、殺されそうだった。あの人たち、航空機で二人のハイジャッカーのうちの一人を撃ったのはわたしだと思ったみたい。死んだのはガーダンという女性の恋人で、彼らの仲間だったらしいの。でもわたしはその人を殺していない、ほんとうに」

と彼女は絶望的に手を振った。

「そう思うのなら、どうぞわたしを殺して、と彼らに言ったの。どっちみち、わたし、生きることなんか、どうでもよかったから」

「そのとおり」

とジョーが言った。

「そのとおり？」

アマンダは聞き返した。驚いている。

「そう、そのとおり」

彼女は変な顔をしてジョーを見たが、何も言わなかった。そのまま戸惑った顔で、ジョーを見ている。

「それで？」

とミセス・ポリファックスが先をうながした。

「すると、ザキという男がわたしを生かしておくほうが使い道がある、と言ったのよ。ジザールとかいう男の代わりになるって。『惜しくない命だから』とわたしのことを言ってたわ」

そう言ったかと思うと、アマンダはわっと泣き伏した。ジョーは守るように彼女のそばに立った。

「ザキ？　その男の名字を知っているか？」

オマールが顔をしかめた。

すすり泣きながら彼女は首を振った。

ファレルがやさしく言った。

「きみがだれを暗殺するように言われていたのか、いつか教えてもらわなければならないよ」

アマンダは顔をあげた。

「安全なところに行くまで、わたしがこの国を出るまでは言えないわ。おねがい、必ず言うから、ここでは、許して。とてもまだ言えない。バスの中でも怖かった、着いたら彼らが待っているのじゃないかと……」

「ワッラーヒ（本当か）？」オマールが叫んだ。「いまなんと言った？　バス？　あんたたちはダマスカスまでバスで来たのか？　正気の沙汰ではない！」

「でも、それしかありませんでしたもの」

とミセス・ポリファックスがすまして言った。

　オマールはあきれ顔でミセス・ポリファックスを見た。

「もう一度言おう。それは正気の沙汰ではない。神にかけて二度とそんなことをしてはならない。アッラーのおかげで、ここまでは来ることができた。しかしダマスカスにはあらゆるところにグファラ、目がある。アメリカ大使館は警察にあんたがたの捜索願を出した。ホテルは部屋にあった荷物を倉庫に移して保管している。ファリークはあんたがたと話したあとで殺害されているのだ。それなのに、あんたがたは気軽に、ここに来るまでさぞかし楽しい旅をしてきたのだろうよ」

　ファレルが冷静に言った。

「いや、そうでもない。パルミラであんたの友だちのファリークと話をしてからすぐに、ぼくは町の中で襲われ、ぐるぐる巻きにされてどこかに連れていかれた。ひどく殴られて棒にくくりつけられた。このおばちゃまは……、ここでは本名は言わないほうがいいだろう？……ぼくを助けようとしてひどく殴られた」

「ケーフ？　どういうことだ？」

「それは彼女から直接話してもらおう。男が二人、ぼくの頭に袋をかぶせた。やつらは警察ではなかった。ぼくから聞き出そうとしたのは、アマンダ・ピムが生きているとどこから聞いたか、どこに行こうとしているのか、ということだった」

　オマールはミセス・ポリファックスに向き直った。

「そして、あんたは？　その男たちはあんたのことも誘拐しなかったのか？　ああ、もちろん、しなかったのだろう」

と彼は自分の問いに答えた。

「女だから、何も知らないと思われたのだろうな」

「ひどい差別ですわ」

ミセス・ポリファックスが憤然として言った。

「しかしそれがあんたには幸いした」

と言うと、彼はミセス・ポリファックスのひたいの包帯を見た。

「それは……？」

「とても親切な女の人がひたいの傷の手当てをしてくれました。それと、ファリークが教えてくれたテル・ハムサへの車の手配も。その家の子どものいとこがアッスクネまで荷物を配達するというので、乗せてもらったのです。アマンダ、どうしたの？　そんなにふるえて」

ミセス・ポリファックスはアマンダの肩に手を回した。

「彼女がこの国から出られるよう、手伝ってくださいませんか？　彼女はパスポートを持っていません。身分証明書のたぐいもありません。そしておびえています。彼女の誘拐者たちは、知りすぎている彼女を必死で探しているにちがいありません」

「彼女はいったいなにを知っているのだろう？」

ファレルが冷静に言った。

「そう、それが知りたい」とオマールは小さく言い、考え込んだ。

「彼女の恐怖は十分に理解できる。しかし何も言わないでここを出て、もし彼らに見つかったら、そうならないようアッラーに祈るしかないが、われわれは彼らが何を計画していたのか永遠にわからないだろう。どうすればいいのか。情報を手に入れることができなければ……ちょっと考えさせてくれ」

アブドゥルが新しくいれたお茶とホンムス（豆の料理）とホブズを持って部屋に入ってきた。心配そうにオマールを見ている。

オマールは顔をしかめて、考えをかみしめるように言った。

「もしかすると、ヨルダンとの国境を越えてシリアを脱出させることができるかもしれない。だが、きわめて危険な方法だ。万一捕まったら……」

と言って、彼はアマンダをみつめた。

「脱出を手伝うのと引き替えに、もっと情報がほしい。なにかもっとはっきりしたことが知りたい。私が外国人で見知らぬ人だから、あんたは私を信用しない。だが、私はできることはなんでもして手伝おうとしている。だから、もっと情報がほしい」

アマンダは顔をあげた。怖がっている。

「あの……わたしの見張り役だったガーダンが言ってたことだけど、あのキャンプはアフリカのスーダンの内戦へ送り込む傭兵を訓練するところだって。フランス人がいたわ、アンドレという名前の。銃が異常に好きな人だった」

と言って、彼女は身震いした。

「それからバートと呼ばれていたイギリス人がいた。それからユセフ、イブラヒム、ネハーブ。この三人はガーダンとおなじアラブ人だと思うわ。料理はアレゴという黒人が作っていた。それとザキ。彼がボスなの」

「スーダンの人口の半分はイスラム教徒だ。主に北部にいる」オマールが眉を寄せた。「キャンプで彼らは英語を話さなかったのか。スーダンについて、あるいはイスラムについて、なにか聞かなかったか？」

アマンダはうなずいた。

「イフワーン・ムスリミーンという言葉を何度も聞いたわ。ザキがイブラヒムに言ってたし、ネーハブにも言ってたわ」

「イフワーン・ムスリミーン！」オマールが信じられないという顔で言った。「それはムスリム同胞団のことだ。これは驚いた。まちがいではないのか。アサド大統領が知っていたら……彼はムスリム同胞団のことは決してよく思っていない……決してやつらに訓練を許可しなかったにちがいない……」

オマールの顔が厳しくなった。

「この娘を早く脱出させなければならない。ヨルダンにいるアメリカ人を知っている。あそこまで行けば、彼女は安心して話すだろう。彼女が話したことは全部私に教えてくれ。そのアメリカ人はアンマンのＣＩＡのオフィスにいる」

「ローリングスのことか？」

ファレルが聞いた。

「知っているのか？」

ファレルはミセス・ポリファックスに笑いかけた。

「ああ、会ったことがある。前に中東に来たときに」

オマールはうなずいた。

「みんな、ベドウィンの格好のままでいてくれ。そしてあんたは」と彼はジョーに言った。

「あんたもベドウィンになるんだ。南に行けるように手配する。しかし、いいか、絶対にバスはだめだ。ボスラまで行けば連絡がつく」

「ボスラ！」

ジョーがミセス・ポリファックスから預かったガイドブックの地図を見ながら叫んだ。

「それはここから百五十キロも離れたところにある町じゃないですか」

「ああ、そうだ」とオマールは答えた。「だが、ボスラはヨルダンからわずかに四十キロしか離れていない」

「なるほど」とミセス・ポリファックスは彼の考えを読んで納得した。「国境ですね？」

「国境を越えるのは正式にはダラーからということになっているが、もちろんあんたたちはそれができない。だが、北のほうへ行けばできるかもしれない。たとえばアルガリーエ。どこが国境越えに最適かはボスラの連絡係が教えてくれるはずだ。その男は密輸を仕事にしている。金のためならなんでもやる男だ。政治には無関心、私のことは何も知らない。だが、あんたがたが行くと知らせてやることはできる」

「信用できるのですか？」

ミセス・ポリファックスが聞いた。

「ああ、金さえ払えば」

とオマールは言った。

「金はある」

とファレルがうなずいて言った。

オマールが考えている間、四人は緊張して待った。いまの話は荒唐無稽に聞こえたが、オマールの手にゆだねるよりほかなかった。オマールは彼ら一人ひとりの顔をじっくりとみつめた。

「三人は有効なアメリカのパスポートを持っているわけだ。一人が持っていないために正式のルートでダラーから出国できないのは残念だ。ヨルダン側に入りさえすれば、ミスター・ローリングスが手伝ってくれると思うが」

彼らは互いを見交わした。

「しかし、正式なルートで行けば、みつかってしまう。それは無理だ。ミスター・ファレルとミセス・ポリファックスは警察が捜索している。それにめがねをかけているこの若い人、この男だけがアラビア語ができるとなると、ハーザー・マー・ビスル！」

「お手上げだ、と言っている」

とジョーが訳してくれた。

ミセス・ポリファックスは話がどの方向に行くか、緊張して待った。

オマールは時計を見た。金時計だ。オマールはきっと商売上手なんだわ、とミセス・ポリファックスは思った。このような秘密の仕事でどれだけのリスクを背負うのだろう。世の中には彼のように二重の生活をしている人たちが少なからずいる。ある人々は愛国心や理想に燃えて、ある人々は復讐心から、ある人々は金儲けのため、そしてまたある人々はファレルのように危険に挑戦すること自体を求めて。

しかし、ファリークのような運命をたどる者もいる。ミセス・ポリファックスは彼についていま考えたくなかった。とくに、彼ら自身おなじ運命をたどるかもしれない危険性をはらんでいるいまは。

オマールは結論に達したようだった。

「今夜、脱出できるように手配しよう」と言って、彼はまた時計を見た。「いま十時三分前だ。あんたがたは夜通し旅をしてきた。私が手配している間、ここで休んでいてもらおう。うまくいけば午後一時か二時ごろにはスウェイダーに着いているかもしれない。だがスウェイダーからボスラまでは自分の足で行かなければならない。交通手段は何もない。私が出かけている間、静かにしていてくれ。話は小声でするのだ。これからあんたがたがここから少しでも早く出発できるように用意をしてくる」

彼はアブドゥルに声をかけた。

「アブドゥル、店を開ける前に、この人たちに必要なものを探して来るんだ。もっと汚ない服が必要だ。そう、この『おばちゃま』が着ているようなボロがいい。金はある、と言ってたな?」

ファレルとミセス・ポリファックスは同時にうなずいた。ミセス・ポリファックスはアバヤの裏に縫いつけておいたポケットから札束を出した。

「タイブ。アブドゥルに少しやってくれ。アブドゥル、私が出かける前に、ナイマの店に行くのだ。きのう、彼女の店でブルカを何枚か見かけた。一枚買ってこい。それはあんたのためだ」

とオマールはミセス・ポリファックスに言った。

「それは頭のてっぺんから爪先までを隠す女性用の黒い布だ。目のところだけに穴が開いている。快適なものではないかもしれないが、隠してくれる。祈りの時間になったら、白いスカーフをかぶって、敬けんなイスラム教徒のするように祈りを捧げるのだ。それから、トランクから古いアバヤを二枚持って来い、アブドゥル。それからあんたは」

と、オマールの目がジョーに止まった。

「めがねを使ってはだめだ。アブドゥル、わかったか?」

アブドゥルはうなずいて、部屋を出ていった。まもなく両腕に黒い布を抱えて戻ってきた。オマールは小声でアブドゥルになにか言うと、ドアからではなく脇のじゅうたんをそっと押して姿を消した。そこには人目につかない隠し部屋があるようだった。

第十四章

オマールの姿が見えなくなると、アマンダがおずおずと聞いた。

「さっき名前が出たファリークという人、わたしとなにか関係があるの?」

ファレルがうなずいた。

「たぶん、きみがいた狙撃手キャンプの連中が、ミセス・ポリファックスとぼくのあとをつけてきて、彼を殺したのではないかと思う」

「あの人たちがあなたがたのあとをつけてきた? でもなぜ?」

ミセス・ポリファックスが言った。

「ダマスカスのアメリカ大使館はとっくにあなたは死んだものと見なしているの。でもある噂がアメリカの情報局まで届いた。それによるとあなたはまだ生きている、あるいは生きているらしいということでした。そこで、ファレルとわたくしが送り込まれることになったわけ。こちらに着けば、協力者がいると聞かされてきたのよ。そしてオマールがわたくしたちの最初の連絡者だったの。あ、そういえば」

とミセス・ポリファックスはにっこり笑った。

「わたくし、あなたの叔母ということになってます。ま、少なくとも大使館はそう信じていると思うわ」

「でも、ファリークという人のことは、ぼくも聞いていない」

とジョーが言った。

「そうだね、きみにさえもまだ話していなかった」

とファレルが言った。それから、アマンダに話した。

「オマールはきみがどこにいるか、まったく知らなかった。彼はただ噂を聞き、それを報告しただけだったから、無理もない。だが、彼はぼくらにパルミラへ行けといった。そこで遺跡を見ているうちに、男が一人、近づいてくるだろう、と。その男は……、いや、これは面倒な話になってきたな……。とにかく、ぼくらはパルミラへ行った。すると、たしかに人が近づいてきて、砂漠にある遺跡発掘現場へ行くようにと方向を教えてくれた。ところが、なんとも残念なことに、ぼくらに話しかけてから十分後、観光客の中から悲鳴が起こった。行ってみると、さっきぼくらと話した男が刃物で刺し殺されていた。彼がぼくらと話をしたせいではないかと思う。ぼくらは尾行されていたのだ。しかもそれは警察ではなかった」

「それ以上くわしく話す必要はないわ」とミセス・ポリファックスが止めた。「わたくしたちは確かに尾行されていたのよ。そのあと、彼らはわたくしたちにも襲いかかってきました。ジェラバ姿の二人の男だったわ。おかしなことに、彼らはわたくしたちがなぜここにいるのか、知っていました。そしてどんなことをしても、わたくしたちがあなたを見つけることだけは阻止したかったのよ」

アマンダの目が大きく見開かれた。

「ジェラバ姿の二人の男？　それ、何曜日のこと？」

答えを聞いて、彼女は考え込んだ。

「ネハーブとユセフがその朝早くキャンプを出ていったわ。いつもはTシャツなのに、その朝にかぎってジェラバを着ていた。なんだか様子がおかしかった。そういえば、あれきり帰ってこなかったわ。姿を消したので気になってはいたんだけど」

「それじゃ、まだうろついているんだ」

とファレルがうんざりという顔で言った。

ジョーが口をはさんだ。

「なんということだ。それでミセス・ポリファックスは頭に包帯を巻いて夜中にキャンプに現れたんですね。そしてミスター・ファレルもその二日後にへとへとになってやってきた。その男たちはもう、一人殺しているのか。それじゃ、本気であなたがたを殺そうとしますね」

これを聞いてアマンダは慌てふためいた。

「わたしのために人が死ぬなんて、そんなの、困るわ！　わたしはそんなに重要な人物じゃないの。ほんとうにそうじゃない。わたしをあのままキャンプに残しておいてくれてもよかったのよ。わたしのためになんか、ぜったいに……」

ジョーがさえぎった。

「やめてくれ、アマンダ。きみは帽子が風に吹かれて飛んでも自分のせいだと言いかねない。もちろん、きみは重要人物だよ。でなければ、なぜぼくたちがこうやってここにいるんだ。オムレツを作るのに卵の殻を割らずにできる人はいないんだ」

「オムレツ？」

「そう、オムレツだよ」

彼女は驚いた顔でジョーをみつめた。

「……それはそうね。ごめんなさい」

「きみは疲れている。静かにして少しでも休むんだ」

とジョーがアマンダに言うのを聞いて、ミセス・ポリファックスはおもわずほほえんだ。彼はアマンダがローズヴィルでどのような暮らしをしてきたか、日記の一部を読んで知り、対策を講じ始めたのだわ。アマンダ対策。それはアマンダの罪悪感と自己否定感を取り払うことだ。ジョーは思ったよりも賢い若者だわ。アマンダもジョーの賢さに気がついている。それで彼の言うことに耳を傾けているのだわ。

アブドゥルがホブズとホンムスを持ってきた。

「ぼく、父さんの店、行く」

と言うと、残りはアラビア語でジョーに言った。

「早く食べて、彼が持ってきた服に着替えろと言っています。オマールが帰ってきたときにはすぐに出かけられるようにしていろ、と」

とジョーが通訳した。

アブドゥルが出ていくと、彼らは広げたじゅうたんの上に車座になった。ミセス・ポリファックスはアマンダを見て、ほほえんだ。

「アマンダ、あなたはわたくしたちがフィルムで見た、二カ月前にダマスカス空港でインタビューされていた人と同一人物にはとても見えないわ」

ファレルがうなずいた。

「そうだね。まったく別人だ」

「ほんとうだね。ぼくが最初に見たときからくらべても、もうすっかりちがっている」

とジョーが請け合った。

「いったいきみはだれなんだ、アマンダ？」

彼女はみんなをじっと見ていたが、恥ずかしそうに小声で言った。

「わからない」

体がふるえている。

「フィルムがあるの？」

「あなたはビッグニュースだったのよ。ちょっとの間だけでしたけどね」

とミセス・ポリファックスが説明した。

「ファレルとわたくしは、こっちに来る前にそのフィルムを見せられたのよ。ええ、そうね、あなたは……ずいぶん年上に見えましたね」

「そう、あまり幸せそうじゃなかったな。いや、むしろ、かわいそうに見えたよ。いまはどう、どんな気持ち？」

ファレルが聞いた。

「怖いわ」

と彼女は申し訳なさそうに半分笑い、半分泣きそうな顔で言った。

「昨日の夜、みんなが助けに来てくれたとき、わたし、また誘拐されるのだと思ったの。いまだって、みんなのこと、まだよくわからないのよ」

ジョーがすぐにそれに応えた。

「ぼくに一番先に自己紹介させてくれる？　ジョー・フレミング。考古学研究室の研究助手。この冒険にはちょっとつきあっているだけ。たまたまアラビア語ができるから。こちらのお二人はプロですよ」

と彼はファレルとミセス・ポリファックスのほうに目配せして言った。

「でも……プロって、なんの？」

「行方不明人発見のプロ、だよ」

とファレルが軽口をたたいた。

「シリアをまちがいなく脱出できるという確信があるから、だいじょうぶだ」

とうそをついた。

「でも、ぼくたちだって、ほんとうはみんな怖いんだよ」

とジョーが正直に話した。

「本当の気持ちを知っているほうが安心でしょう?」

ファレルが話題を変えた。

「もうみんな、食べたかい? ぼくは、おばちゃまのブルカ姿が見たくてたまらないんだ」

「おばちゃま?」

とアマンダが二人を見比べた。

「ほんとうの?」

「いや、ぼくがかってにそう呼んでいるだけだよ。古い付き合いなんだ」

ファレルとジョーは食事を終えて、アブドゥルが持ってきてくれた古いアバヤを着た。ミセス・ポリファックスは頭から爪先まで黒い布ブルカをまとった。目のところだけが開いている。裏にポケットを縫いつけてある茶色いアバヤの上からはおった。気温が上がりませんように、と祈りながら。

「わたくしがお金を預かっているので、しようがないのよ」

とアマンダに説明した。

「わたしのアバヤにもポケットはあるの?」

アマンダが聞いた。

「ああ。おばちゃまがどのアバヤにも裏に縫いつけてくれたよ」

とファレルが答えた。

「アマンダにガイドブックと地図を持ってもらおう」

と言って、ジョーが彼女に手渡したとき、じゅうたんの陰の秘密の部屋からオマールが現れた。

「用意はできたか？」

と彼は荒い息で言った。

「ああ、できている。そちらはどうだった？　ずいぶん……」

「ああ、疲れている」

とオマールがファレルの言葉を引き取って言った。

「二日後にスウェイダーへキリムのじゅうたんを届けることになっている。店の運転手はいまアレッポから戻ったばかりだ。ひどく疲れているが、すこしバクシーシをはずんでスウェイダーへ、今日すぐに行ってくれと説得した。なんとか首を縦に振ってもらったところだ。いいか、店のじゅうたんを運ぶトラックに乗り込んで、スウェイダーへ行くんだ。そこからボスラまでは四十キロほどある」

そう言って、彼はみんなの顔を見回した。

「ボスラまでの交通は手配できない。自分たちの力で行ってくれ」

「その運転手はぼくらのこと、なにか知っているのか？」

「いや、まったく知らせていない。たとえ、彼の姿を見たとしても、金を払ってもっと先まで行ってくれとは頼めないぞ。あんたがたは私の友人の友人の貧乏な一家で、親の死に目に会いたくて南へ行くのだとだけ言ってある。南のどこかは言わなかった。それからあんたがたのうちの一人は病気だとも言ってある」

それから彼はミセス・ポリファックスとアマンダに言った。

「いいかね、お祈りを忘れてはならないぞ。ほかの女たちと同じように祈るんだ。あんた、祈りの言葉を知っているな？」

と彼はジョーに念を押した。

ジョーはうなずいた。

「ええ、五つ全部、知っています。マグリブ、アシャー、スブフ、ドフル、そしてアスル。アッラー・アクバルを三回、アシュハド・アッラー・イラーハ・イッラッラー、アシュハド・アンナ・ムハンマド・ラスールッラーを二回、ハイヤラッサラーを二回。メッカに向かって祈りを捧げる」

オマールはうなずいた。

「タイプ、よし。少しアクセントがあるようだから、大きな声は出さないことだな。ボスラに着いたら、シタデルの近くで待つんだ。いいな？」

四人をしっかりと見てから、「来い」と言うと、オマールは後ろのじゅうたんを引いて、秘密の部屋へ彼らを案内した。

部屋の四方にぐるぐる巻きになったおびただしい数のじゅうたんが立てかけてあった。やわらかい布で軽く仕切ってある棚、キャビネット、コンピューター、それに電話が目についた。アマンダはミセス・ポリファックスのすぐそばを歩いていたが、首をすくめておそるおそるあたりを見回した。立ち止まって、やわらかいベルベットのような感触のフラシ天に触った。それからカーテンをそっと指で押し開けて棚の上をのぞき込んだ。

「アマンダ、急いで」

と声をかけて、先に進んでいたミセス・ポリファックスが振り返ると、アマンダがアバヤのポケットになにかをすべり込ませたところだった。何をとったのか知らないが、いま叱っている時間はなかった。すでにオマールは床の上のじゅうたんの一つを脇に寄せていた。かなり古いすり切れたものだったが、すばらしいペルシャじゅうたんだった。その下に穴がぽっかりと空いていた。暗い底に向かう梯子が見える。

オマールが真剣な顔で言った。

「ここのスークは数千年も昔から栄えてきた。人々はときにはこんなところから命からがら逃げ出さなければならないこともあった。しかし、このことは絶対にだれにも話さないでくれ。私は古文書からこの抜け道を知った」

彼は石油ランプで彼らの足元を照らした。それから最後にふたで穴をふさぎ、先頭に立った。

穴の中には先を照らすオマールの石油ランプ以外に光はなかった。彼らはでこぼこの地面につまずきながら、手探りで進んだ。壁は古い石造りでしめっていてコケがみっしりと生えている。道は一度だけ急に曲がった。それから数分後、石壁に掛けられたもう一つの梯子の下まで来た。オマールは梯子を安定させて登り、ふたを開けた。四人ははしごを登って穴を出た。そこは石油缶や段ボール箱が積んである、倉庫のようなところだった。

ミセス・ポリファックスは昼間の光の下に出てほっとした。

「ここはもうスークではない」

とオマールが言った。

「トラックは外に来ている。来い、こっちだ」

ドアを開けると大きなトラックがバックを入り口にぴったりつけて停まっていた。運転手はもちろん外の景色はなにも見えなかった。見えるのはただ、かっちりと巻かれ上向きに立てて荷台に積んであるたくさんのじゅうたんだけだった。ロープで束ねてある。

狭い通り道が真ん中にできていた。

「真ん中に空間がある」

とオマールが言った。

「あんたがたが全員中に入ったら、私がじゅうたんで入り口をふさぐ」

そしてミセス・ポリファックスに言った。

「アッラーの神のご加護がありますように」

一人ひとり荷台の中に入った。オマールが入り口と通り道をふさいだのを見て、ミセス・ポリファックスは、だれも閉所恐怖症になりませんように、と心の中で願った。しかしこれはわざわざ彼らのために作られた空間だったので、腰を下ろし足を伸ばしたジョーとアマンダが向かい側のミセス・ポリファックスとファレルの足にぶつからないだけのスペースがあった。

ミセス・ポリファックスがブルカを脱ぎながら大きく息を吐いた。

「ああ、これでやっと息ができるわ！」

「顔が見えてうれしいよ、ぼくも」

とファレルが言って、ウィンクした。

運転手が車を出発させた。地面のでこぼこがそのまま背骨にひびいた。

「衝撃緩和材はなし、か」

とファレルがため息をついた。

「スークから人に見られずに出られるだけで、ありがたいわ」

とミセス・ポリファックスが言った。

「とにかく出発したことだけは確かです。運転手にわたしたちのおしゃべりが聞こえないのは安心だわ。なんと言ってもじゅうたんほど完璧に防音できるものはありませんからね。ファレル、あなた、疲れているのじゃない？」

「とんでもない」

と言ったのだが、次の瞬間彼は眠ってしまった。

ミセス・ポリファックスは仕方なく、一人でいろいろと心配事を考えていたが、まもなくジョーがアマンダと礼儀正しく話を始めたのが耳に入った。

「これがあなたの最初の外国旅行ですか?」

アマンダは話しかけられて緊張したようだったが、おなじく行儀よく答えた。

「ええ」

しかし、ふつうの外国旅行とはいいがたい旅行であることを思い出したのか、アマンダは急ににっこり笑った。

ミセス・ポリファックスにはアマンダの笑いは唐突だった。アマンダが不機嫌なのも、真剣なのも、怒っているのも、おびえているのも見てきたが、彼女の笑いはまるで太陽が顔を出したようだった。

「でも、あんまり外国旅行らしくないものだったわ、ね?」

「うん、そういえばそうだね」

とジョーも笑い出した。

そういう彼をおもしろそうに見て、アマンダは言った。

「どうしてわたしが……生きることに興味がないと思ったの?」

「さっき、ポケットに入れてとたのんだガイドブックをくれる? 見せたいものがある」

ポケットから本を取り出して、アマンダはジョーに渡した。その中から彼は折り畳んだ紙を二枚取り出した。

「このためなんだ。きみ、日記をつけていたでしょう? きみを誘拐した者たちはキャンプから離れたところで、きみのパスポートや所持品を燃やしたんだ。すべて燃えたと思ったんだろうが、燃えかすの中にパスポートの端がほんのわずか残っていて、ミセス・ポリファックスがそれを見つけた。そして焦げた紙の切れ端も。切れ端をつないだのはぼく。そして……きみの生活がどんなものだったか、少しわかった」

「そうなの」

と彼女は話を聞いていたが、ジョーが話し終わると、

「わあ、いやだ、はずかしいわ」

と言った。

ジョーは彼女に二枚の紙片を渡した。

「ごめん。日記はとてもプライベートなものだから、きみの書いたものを許可もなく読んだことはあやまるよ。でも、ぼくたちはきみがフェンスの中にいるのかどうか、知りたかった。それは燃えかすの中からパスポートが見つかるまでは確実じゃなかった」

つなぎ合わされた紙の切れ端が文章に再現されているのを見て彼女は言った。

「でも、そんな切れ端から……こまるわ」

ジョーはうなずいた。

「そう、わかる。ごめんなさい。ふだん、考古学者としてのぼくはウマイヤ朝の研究をしているんです。ウマイヤ朝はシリアを紀元六六一年から七五〇年までおさめた。ぼくにとって、きみの文章をつなぎ合わせて再現するのは考古学のようなものだった。ぼくとおなじ年頃の人が文章を残した、いやバラバラの言葉を残した。何が書かれているのか、ぼくは興味を持

ったんです。ただもちろん、ウマイヤ朝とはちがって、きみは同時代の人だけどね」

と彼はあやまるようににっこり笑った。

「それに、ハイジャックのことを聞いたとき、ぼくはなぜきみがそばのハイジャッカーに銃をくれとそんなに簡単に言ったのか、とても興味を持った。どんな人なんだろう、だれだろうその人は、と思ったことは確かです」

これに答える彼女の声には、怒りがこもっていた。

「それで、いまはもうわかったというわけね。どうもご苦労様」

「そうなんだ」

と言って、彼は大胆にもこう言った。

「そして、きみの両親はひどい人たちだと知った。きみがしたいことをさせなかったし、はっきり言って、きみを虐待していたじゃないか」

彼女は顔をひきつらせた。

「虐待ですって？　いいえ、そんなことはないわ。わたしの親たちはけっして殴ったり蹴ったりはしなかったもの」

彼の声が静かに続いた。

「アマンダ、きみは感情的な虐待ということを聞いたことがないの？」

「感情的虐待？」

「そう。無関心、無視、暖かみのない、愛情のないこと」

アマンダはショックを受けたらしく、彼から目をそむけた。彼女は何も言わなかったが、考えに沈んでいた。ジョーは……賢いジョー、ミセス・ポリファックスはほめてやりたかった……それ以上なにも言わずに目を閉じて眠っているふりをした。しかし、ミセス・ポリファックスは、アマンダの目がつなぎ合わされた文章の上に何度も落ちるのを見逃さなかった。そこには彼女のペンシルバニア州ローズヴィルでの生活が記されていた。でも、忘れてはならないことがあるわ、とミセス・ポリファックスは思った。そんな中から、アマンダがエジプト行きを決心したこと、航空機に乗る行動を起こしたことである。

数分後、ジョーが目を開けた。そしてガイドブックがまだ彼のひざの上にあることに気がついた。

「ポケットにしまってもらう前に、これから行くスウェイダーとはどんなところか見てみようか」

彼は目次を見て、スウェイダーを見つけてページをめくった。

「驚いたなあ。『魅力のない町』というのが最初の言葉だ」

ファレルが目を覚ましてこの言葉を聞いた。

「ま、ぼくらは観光客じゃないからね」

「歴史、とある。ビザンチン時代、アラブ人が侵入し町を破壊し、多くの人々を殺した。またそれに続く世紀には、火山から溶岩が流出して、町を真っ黒な岩でおおってしまった。この町はときどき、『サウダー、黒い町』と呼ばれることがある。なんだか陰鬱だなあ……。

それに、確かにオマールが言っていたように、スウェイダーとボスラの間には交通手段がない」

そう言って、ジョーはアマンダにガイドブックを渡し、彼女はそれをポケットにしまった。

「それじゃ、歩きましょうよ」

とミセス・ポリファックスがみんなに言った。

ジョーが顔をしかめた。

「いや、ミセス・ポリファックス、あなたに歩かせるなんて、ぼくは紳士としてできないな。なにかほかの方法があるはずです。向こうに着いたら、ぼくにすこし時間を下さい。なにかできるかもしれない。お金をすこしぼくにあずけてくれませんか」

ファレルが警告を発した。

「ジョー、気をつけるんだ。見つかったらたいへんなことになる。ぼくらは追われているんだから」

ジョーはうなずいた。

「ええ、でも、ぼくだけは別です。追われてない。だからぼくは追っ手が決してさがさないようなところに行って、交通手段を調達して来ます。ぼくを信じてください」

「どうなりと、きみの好きにしてくれ」

ファレルが不機嫌そうに言った。

「向こうに着いたら、どこか目立たないところに座り込んで、残りのナツメヤシの実でも食べていてください。でも、顔を見られないように下を向いて」

アマンダが突然くすくす笑いだした。みんな驚いて彼女を見た。

「ごめんなさい、なんだかおかしくて……。神経が高ぶっているのだと思うわ。だって
……」

ミセス・ポリファックスが彼女の肩をたたいた。

「ここはローズヴィルじゃありませんものね？」

それ以上、話はなかった。トラックは飛び上がり揺れながら走った。太陽が強く照りつけ、トラックの後ろにはもうもうと土ぼこりが立った。オマールは二、三時間で着くと言ったが、それよりも長く感じられた。一度、お昼の祈禱のために車は止まった。そしてそれからさらに一時間後、車はふたたび止まった。今度は運転手はトラックの後ろにまわり、じゅうたんを束ねているロープを切って、じゅうたんを動かして出口を作った。そしてほとんど彼らのほうを見もしないで、ぼそっとなにか言った。ミセス・ポリファックスは大急ぎでブルカを頭からかぶった。

「外に出ろと言ってる。すごく行儀の悪いことば遣いだ」

とジョーが小声で言った。

「シュクラン」

とジョーが答え、残りの者はあとに続いてトラックの荷台から降りた。そこは町外れだった。ミセス・ポリファックスは道路が血のような赤で、あたりに見える石がほんとうに溶岩

のように黒いのに驚いた。トラックはそのまますぐに走り去った。

彼らは町へ向かって歩き始めた。しばらくしてガソリンスタンドの近くに低いブロックの黒い塀が見えた。ハフェズ・アル・アサド大統領の写真が飾ってある。すぐそばの看板に軽油、灯油、NGKスパークプラグあり、と書いてあった。

彼らはその塀の内側に腰を下ろした。ジョーは彼らをそこに残して、一人、何らかの交通手段を探しに出かけた。オンボロのスズキが一台通り過ぎた。おなじく古くて車種のわからない車が一台、バイクが三台、それに古いオースティン、それにフード部分のないトラックも通り過ぎた。十代の少年が一人歩いてきた。茶色い巻き毛、茶色い肌、ブルージーンズ、サンダル姿だ。

「ふーん、ああいう格好の子もいるのね」

と言って、ミセス・ポリファックスはナツメヤシの実をもう一つ口に入れた。

なにもすることがなく時間がたっていった。

「もう、一時間もこうして待っている」

とファレルが苛立って言った。

「もうじき二時になる」

アマンダが心配そうに言った。

「捕まったのでなければいいけど?」

ミセス・ポリファックスもファレルも答えなかった。

十分後、ロバに乗った人が遠くに見えた。こっちに向かってくる。五分ほどたって、ミセス・ポリファックスが目を上げて、聞いた。

「ファレル、あれ、もしかして……？」

そうだった。ジョーが痩せて背中のへこんだロバを買って乗ってきたのである。

「ずいぶん値が張った。でも、これしかなかったんですよ。この高速道路と平行してもう一本道があると聞いてきました。右に行くとあるそうです。小さな村を二つすぎるとボスラだということです」

ファレルがうなずいた。

「よし、それじゃ、おばちゃま、乗ってくれ」

ミセス・ポリファックスは疑わしげにロバを見た。アルバニアでロバに乗ったことは、いままでもいまわしい思い出として記憶にある。しかし、彼女がロバに乗る前に、ジョーが止めた。

「高速道路から小さな道に入るまでは、ミスター・ファレルが乗らなければダメです。男ですから。この国では、女は歩くんです。あとで交替してください」

こんなふうに、彼らはスウェイダーを出発した。見るからに一つの家族の、明らかに父親であるファレルがロバにまたがり、ジョーが口縄を取り、ミセス・ポリファックスとアマンダはその後ろに続いた。

「でも、日暮れまでにボスラに着くかしら？」

とアマンダが小声でつぶやいた。

ミセス・ポリファックスはただそうあってほしいと願った。もうまもなく三時になるところだったが、そうでなくとももたもたしたこの旅に頑固で気性の荒いロバが加わったのである。確かにロバが加わったことで、一見、ベドウィンの家族らしく見えるようにはなったかもしれないが、ミセス・ポリファックスはロバなしのほうがボスラまで早く着くのではないかという思いがしてならなかった。

「約束の時間に間に合うかしら？」

アマンダの問いにミセス・ポリファックスは答えた。

「インシャーアッラー」

第十五章

高速道路から一般道路に降りると、彼らは見渡すかぎり一本の木もない平野を歩き出した。道の両側は畑で、夏の取り入れのあとが見られた。

「たぶん、これはスイカだと思う。取り入れをしてからずいぶんたっているようだけど」

路肩に捨てられたトラックがあった。部品は全部なくなって骨組みだけになったものだったが、彼らはいっせいにうらめしい目でその残骸を見た。ああ、トラックがあったら！　ロバはいまでは完全に重荷になっていた。ジョーでさえ、いまではこのすばらしい買い物に舌打ちをしていたほどだった。

「このロバ、ぼくたちのことが嫌いなんだ」

と彼は憎らしそうにロバを見て言った。

「ちっとも前に進もうとしない。頑固なやつだ」

ファレルが機嫌の悪い声を出した。

「ロバにはわれわれがボスラで六時に人に会わなければならない、それも生きるか死ぬかの瀬戸際にいるなんてことはわかるはずがないさ」

「でもロバのおかげで腰を下ろすことはできましたわ」

とミセス・ポリファックスが言った。彼女のかかとには、いまではまめができていた。

「ボスラに六時に着けるとお思いになる？」

「もっと尻をつつけよ」

とファレルがジョーに言った。

「いま、何時かな？」

アバヤの上にブルカを重ねて着ているので、とても暑い。それでも裏にポケットを縫いつけてあるので、快適さよりも安全を選んだことに彼女は満足だった。そしてポケットから時計を取り出した。

「まあ、もう三時をとっくにすぎているわ」

「ということは、あと三時間もないということだ。たぶん十キロぐらいは来たと思うから、まだ三十キロはある」

ファレルは頭を振った。

「ああ、ヒッチハイクができたらなあ！　ごめん、ジョー。悪いが、このロバはもう棄《す》てていこう。彼の遅い足にあわせるわけにはいかないんだ。歩かなければ、それも速く歩かなければ間に合わない。あとは祈るのみだ」

「両方ともできるわ」

と突然アマンダが口を開いた。

「ミセス・ポリファックスのサンダルはきつそうだし、わたしのは大きすぎるから交換しましょう？　そうすればもっと速く歩けるわ」

アマンダが初めて自分から口をきいた。

みんな驚いたが、おおいに歓迎した。彼女たちはサンダルを交換し、ロバはだれかが見つけて持っていくことを願って木に手綱をしばった。

「ロバはこの国では一財産なんです」

ジョーが言った。

「見つけた人は大喜びするだろうな」

ミセス・ポリファックスはアバヤのすそを裂いてかかとのまめに当てたので、もっと速く歩けるようになった。しかし、ボスラに六時に着くのはどうしても無理だった。六時に着くことができなければいったいどうしたらいいのか、彼女はまったく見当もつかなかった。国境まで連れていってくれる男の名前も知らなかった。

みんなもそのことにきっと気がついているんでしょうけど、いまは話すときじゃない。とにかくいまは幸いなことに英語が話せる、とミセス・ポリファックスは自分に言いきかせた。

ミセス・ポリファックスはアマンダの様子をうかがった。

「アマンダ、あなた、まだ怖いの？」

アマンダはちょっとためらったが、

「いいえ、あなたといっしょなら」

と恥ずかしそうに言った。そして突然話し出した。初めは抑揚がなかった。まるで考えを言葉にして話すこと自体に慣れていないようだった。

「あの人たち、いつもわたしを見張っていたわ」

とアマンダはぽつぽつと話し出した。

「ガーダンはほんとうにわたしのことを憎んでいた。飛行機の中で死んだ男の人は、彼女の恋人だったそうなの。そして、わたしがその人を殺したんだと彼女は思いこんでいたのよ。何度わたしじゃないと言っても信じてくれなかったわ。そして、毎日、射撃の練習……。ピストル、小銃、ライフル、それから隠れる練習、カモフラージュ、それからすべてを一瞬のうちに見て取る練習、やはりカモフラージュをして隠れている人を見つけるのよ、そして長いあいだ動かずに待つ練習。ザキはわたしたちの成績を毎日記録していたわ。隠してあるものをどれだけ見つけることができたか……。

わたし、逃げることもできたかもしれない、フェンスには電流が通っていなかったし。でも、どこにいるのかも知らなかったの。どこに行ったらいいのかも。ときどき、薬を飲まされたわ。静かにしろと言われた。眠り薬だと言っていたわ。とてもいやだった」

そして急にあのときからいまに戻ったように、身震いした。

「もし、あなたがたが助けに来てくれなかったらと思うと、わたし……」

ジョーがやさしく言った。

「でもミセス・ポリファックスとミスター・ファレルはきみを助け出しに来たし、ぼくも途中から加わった。まだ、怖いのかい？」

　彼女は小声で驚いたように言った。

「奇跡というものは、ほんとうにあるのね？」

　それからにっこりとほほえんだ。

「いまわたしが感じているのは、恐怖というよりもサスペンスだと思うわ。それと少しだけ希望も。でもそれがなんに向けての希望なのか、わたしにはわからないけど」

「ここからうまく抜け出すことができたら」

　ジョーの顔が厳しくなった。

「きみはまた自分を殺すような状況に進んで身をおくなんてことはしないだろうね」

「あれはずいぶん前のことのような気がするわ」

　と言って、彼女は顔をしかめた。

「そうね、わたし、なんと言ったらいいのか……自分の内側で死んでいるような感じがもうなくなったわ。わなにはまったような感じというか……。そういう気が、もうしないわ」

「狙撃手のキャンプのこと？」

　とファレルが言った。

　アマンダは首を振った。まだ話す用意ができていないようだわ、とミセス・ポリファックスは思った。ローズヴィルでどのような暮らしをしていたか、そしてなぜ自分の命を捨てるような行動を起こしたのか。

ミセス・ポリファックスは衝動的にアマンダに手を伸ばし、胸に抱きしめた。しかし、アマンダはぎくっとして体を硬直させた。

この娘は愛情に満ちた抱擁に慣れていないんだわ、とミセス・ポリファックスは感じた。

「ジョー、ガイドブックを読んでくれません？」

とミセス・ポリファックスは話題を変えた。

「アマンダ、ポケットにあるガイドブックを彼に渡して」

「それがいい」

とファレルが言った。

「ボスラのどこにシタデルがあるのか知りたいし。ボスラのことを聞けば、われわれの足も速くなるんじゃないかな」

アマンダは言われたとおりポケットからガイドブックを出すと、ファレルに渡した。目次を見てページをめくると、ファレルはボスラについて読み上げた。

「いまはさびれているけれども、その昔は砂漠の隊商が通ったにぎやかな町だった。いまでも有名な遺跡がいくつかある。ああ、地図がついている。いいぞ。目抜き通りは北から南へ、そして東から西へ通っている。まっすぐな道だ。へえ、保存状態のもっともいい古代ローマの劇場があるそうだよ。おかしいことにシタデルはその劇場のすぐそばにあるらしい」

「そう？　でもその位置は？」

「北の門から町に入るとすれば、もっともその門がいまでもあるかどうかによるが、目抜き通りをまっすぐ、モスクや市場を通り越して、その南端にシタデルがある」

「まっすぐというのがいいですね」

とジョーがファレルの肩越しに地図をのぞき込んだ。

「まっすぐ行けば、迷路も細道もなく、シタデルに着くというのがいいですよ」

「それに……」

とジョーがまた話し始めたとき、ミセス・ポリファックスが手でおさえた。

「車が来るわ」

ジョーはガイドブックをファレルの手から奪って、アマンダのポケットに隠した。

古びたオースティンががたがたとそばを通り抜けた。運転していた男が中から彼らをチラリと見て、それから思いがけず、少し行ってから車を止めた。車を降りると男はそのすぐそばに座り込み、土で手を拭いて、ひれ伏した。アッラーへの祈りのポーズのように見える。

ジョーがこれを見て、眉を寄せた。

「おかしいな。まだアスル（夕刻）の祈りの時間じゃない。早すぎる。ほら見て、あの男、東に向いてさえいないよ」

「わたくしたちを待っているのかしら？」

アマンダの声がふるえた。

ミセス・ポリファックスが厳しい声で言った。

「このまま歩き続けて。ほかにどうしようもないのですからね」

ジョーはうなずいた。

「わかった。できるだけさりげなくして。アマンダ、そんなにおびえた顔をするなよ」

「つぎつぎにいろんなことが起きるんですもの、おびえるなと言ってもむりよ」

とアマンダはふるえ声で言った。

彼らはできるだけふつうを装って、停まっている車のほうへ歩いていった。ジョー以外はだれもその男のほうを見ないようにした。ジョーは立ち上がった男にうなずいてあいさつした。

すると、男は突然英語で話しかけてきた。

「ボスラに向かっている四人のベドウィンを探している」

わなにはめられた、とミセス・ポリファックスは思った。

「シタデルに向かっているはずだ」

と男はさらに続けた。

彼らは仰天して互いを見つめあった。予期していないことが起こった。

ジョーが男に言った。

「ミン・ハドリタク、あなたはだれですか？」

「恐れないでくれ。ハビーブ、友だちだ」

ここまで言うと、彼は辛抱しきれなくなって早口で言った。

「アッラーの愛にかけて、おれの車に乗ってくれ。おれの名はアントゥン。あんたたちのことを探し回った。問題が起きた。早く乗れ！」

　びっくりして、わけがわからないまま、彼らはアントゥンの開けたドアから車に乗り込んだ。

「問題とは？」

　とファレルが聞いた。

「おれは裏切られた。おれ自身、今日、あんたたちといっしょにヨルダンへ脱出しなければならなくなった」

「裏切られた、とは？」

　ミセス・ポリファックスが聞き返した。

　車の騒がしい音のために、彼は大声を出さなければ、後ろに聞こえなかった。

「三日前、フアド・イブン・ザジが村にやってきて……」

「だれが？」

　と今度はジョーが聞いた。

「アッシュルタ、警官だ。おれに向かって、国境越えの手伝いをしているか、と聞く。おれはそんなことはしないと答えた。だが、彼はそれで満足しない。おれを監視している。三日間、彼は村に残って見張っている。いまおれが思うに、一週間前に国境を越えさせてやった二人が裏切ったのだ。アッラーよ、やつらをのろいたまえ。フアドはまだ監視をゆるめていない。彼はおれが動くのを待っている」

ミセス・ポリファックスは驚き、警戒しながら言った。

「それなのに、あなたはわたしたちを国境まで連れていってくださるの？」

彼の答えは単純だった。

「あんたたちが払ってくれる金が必要だ」

なるほど、理にかなっている、とミセス・ポリファックスはうなずいた。

「もう一つ、知らせたいことがある」

と男は言った。

「今朝、それもまだ明け方だったが、じつにガリーブ……」

「じつにおかしなことが……」

とジョーが通訳した。

「失礼、そう、おかしなことがあった。男が二人村に来た。知らないやつだ。そして、ベドの格好をした男一人と女二人を見かけなかったかと聞く」

「わたしたちは四人よ」

とアマンダが言った。

「それになにより、わたくしたちはつけられていません」

とミセス・ポリファックスが確信をもって言った。

「自信があります。ぜったいに尾行されていませんわ」

アントゥンはバックミラーを見て、後ろから車が来ないことを確かめると、車を路肩に停めた。そして後部座席の四人を見て言った。

「どこから来たのか、教えてくれ。そんなに確信をもって、つけられなかったというのなら」

ジョーは彼にアラビア語で長い説明をした。ミセス・ポリファックスにはカムプ・アル・ハムサ（第五キャンプ）、アマンダ、アッスクネ、バス、ダマスカスぐらいしか聞き取れなかった。

アントゥンは疑わしい顔をした。

「それじゃ、あんたたちはデリゾール高速道路のアッスクネでバスを待ったのか？　夜の砂漠で？　四人ともベドの格好をして？」

四人は沈黙した。それからミセス・ポリファックスがジョーを指さして言った。

「いいえ、彼はアメリカ人の格好をしてましたた」

「つまり、アッスクネではベドは三人だったわけだ。そしてあの変な男たちは三人のベドを探していた」

「でも、どうして彼らに伝わったのかしら」

ミセス・ポリファックスが声をあげた。

「わたくしたち、とても用心しました。十分に警戒していました。それに夜でしたし。信じられませんわ」

アントゥンは首を振った。

「小さな動物を捕えるようなものだ。入り口の穴さえ見つければ、出口でその動物を捕えられる。知るべきことを知りさえすれば、全行程ついていく必要はない。シリアを出るには国境を越えなければならない。国境は五つの国に面している。トルコ、イラク、レバノン、ヨルダン、イスラエル。アメリカ人ならヨルダンへ行くと見当がつく。アッスクネでは長い時間待ったか？」

「数時間」

ジョーが答えた。

「ダマスカス行きのバスをか？」

「そうだ」

とファレルが不審顔で言った。

アントゥンの顔が悲しそうになった。

「彼らは行き先だけ知れば、十分だったのだ」

と言って、彼は好奇心をもってアマンダを見た。

「これが彼らが追いかけている女か？　アッスクネでダマスカス行きのバスを待っているとき三人だったのを見られているのだ。女と若い女、そして男……」

「だが、だれにも見られていない」

ファレルが苛立って言った。

ミセス・ポリファックスも抗議の声をあげた。

「そうですわ。どうして見られたことにそんなに確信が……。ああ、ちょっと待って。大変だわ！」

「なにが？」

ファレルが聞きとがめた。

「あなたは眠ってました。アマンダも。男が一人、バス停にやってきたわ。一人でした。わたくしたちをじろじろ見てました。でも、その男、バスには乗らなかったわ！」

「その話、聞いていないな」

ファレルが言った。

彼女は両手を開いた。

「だって、その男が何者かなんて、わかりませんでしたもの。アッスクネはダマスカスからずいぶん遠いし、アマンダを発見したところからも十分に離れています。そのうえ、わたくしたちは変装していましたわ。少なくともそのつもりでいたわ。そのうえ、夜でした。でも、その男がバスに乗らなかったのは、確かです。わたくし、なんとなく気になったのでバスに乗ってから探しましたから」

アントゥンはため息をついた。

「こんな格言がある。『人間はときの災難の標的である』」

と言って、彼はまた首を振った。

「あんたたちを探している者にとっては、行き先がダマスカスとだけわかれば十分だったのだ。アメリカ人、ダマスカスときたら、脱出先はヨルダンにきまっている。ダラーではない。ふつうの観光客ならそこからヨルダンへ行くが、やつらはあんたたちをヨルダンとの国境に近いもっと小さな町で探すだろう」

彼はここで大きなため息をついた。

「村の警察もまた人間だ。ファドに聞かれれば、ボスラにはたくさんの人間の国境越えを手伝っている男がいる、と言ったかもしれない。ファドがバクシーシを受け取るかどうか、わからないが、それもありうることだ。この国の警察は、とくにムハーバラートはそうだが、アサド大統領とおなじアラウィ（アサド大統領の所属するシリアの中のイスラム教の一宗派。）で、国民全体の10％ほどだ。それがとくに重要なことなのだ。それに彼らは弱い、いや、なんというか、腐敗している？　とにかくファドはボスラから動かない。そして今朝村に二人組がやってきた」

「その二人、どんな格好をしていました？」

とアマンダがびくびくしながら聞いた。

「二人とも足をむき出しにしてショートパンツをはいてた。観光客のように」

と、さも軽蔑したように男は言った。

アマンダは車の背もたれにがっくりともたれかかった。

「狙撃手のキャンプの人たちかしら。なんだかそんな気がしてならないわ。ああ、怖い。気分が悪くなったわ」

アントゥンはアマンダの言葉にすぐに反応した。

「いや、その男たち、村にとどまらなかった。おれが出てきたときにはもういなかった」

「よかったわ」

と言って、ミセス・ポリファックスはその男たちのことはそれ以上追及しないことにした。

「それで、あなたはどうしたらいいと思ってらっしゃるの？」

「まずシタデルに行くのはやめよう。後部座席の床に小さな袋があるだろう。おれの一番いい服と死んだ妻の写真だ。すまないがそれをおれが合流するまで持っていてくれないか。それでは、おれの考えを言おう。ディール・バラク」

「注意して聞け」

とジョーが通訳した。

「あんたたちをバーブ・ル・ハワーで降ろす。西門だ。風の門とも呼ばれている。そこにいい木陰をつくるセンダンの木がある。おれは、車をボスラへ戻す。そしてマグリブ……」

「日没に、日没のお祈りの知らせのあとで」

とジョーが通訳した。

アントゥンはうなずいた。

「おれはぶらりと歩くふりをして家を出て、あんたたちと落ち合う」

「国境まではどのくらいの距離だ？」

彼は肩をすくめた。

「けっこうある。干上った川、ワジを二つ越える。十五、六キロあるかもしれない」

　ミセス・ポリファックスはたじろいだ。しかし、こんどはアマンダが聞いた。

「国境にはフェンスがあるの？　電気が通っている金網？」

「もちろんだ」

　とアントゥンは言った。

「だが、おれを裏切った者たちを案内したところへは案内しない。別のところに新しい穴を掘った。土をかぶせてある。ビイドの形をした大きな岩に面したところだ。それが目印だ」

「ビイドとは卵のことです。卵形の大きな岩のそばのフェンスの下に抜け穴を掘ったというのです。しかし、岩の多い地形で平坦ななにもないところで、夜、光もなしに、その場所がわかるかな」

「ファーヌースを持って行ってくれ。おれは岩や石ころの位置がだいたいわかるから、ファーヌースはいらない」

　そう言って、彼は東の山を指さした。

「あの山はジャバル・ドルーズという。われわれが国境を越えようとする地点はあの山の陰にある。卵形の岩を見つけたらあんたたちはファーヌースを灯すんだ。それまではつけてはだめだぞ。ジャバル・ドルーズ山の頂上には小さな村がいくつかある。サルカド、ディエベン、アルガリーエ。だから山は家々からの光で少しは明るいはずだ」

「ファーヌースというのは光のこと？」

　ミセス・ポリファックスが聞いた。

「ランプのことです。石油ランプかな」

ジョーが答えた。

アントゥンがうなずいた。

「そうだ。それもあんたたちの足元に用意してある」

車の行く手の景色が変わってきた。谷間の地面がボスラのほうに開けていく。町の形が見えてくる。天に向かってするどく尖った塔が見える。パルミラで見たような石柱もある。大きな石のアーチ、そのまわりには砕石が地面に転がっている。

「風の門だ」

と言って、アントゥンが時計を見た。

「もしおれが見つけなかったら、あんたらはまだ遠くを歩いていたはずだ。アッラーのおかげで早く見つけられた。神に祝福あれ！」

アントゥンはアーチのそばに車を止めた。

「さ、降りろ。ゆっくりと。おれは、疲れてへたばっていた一家を車に乗せてやっただけだ。いいか、ここに座って、静かにしていろ。どこにも行くんじゃない。日没に祈るのを忘れるな」

彼らが車を降りると、アントゥンは中古のオースティンをがたがたいわせながら石畳の道を走り去った。残された者たちはアントゥンが言ったとおり、センダンの木の下に身を寄せて座った。

「さて」

大昔の石壁のかけらが転がっている地面に腰を下ろしてファレルが言った。

「ボスラまでは来たわけだ。あの男は信用できるような気がする」

「そう、でも彼自身、必死ね」

とミセス・ポリファックスが相づちを打った。

「お金は請求しなかったわ」

「リバン、手付け金さえ、要求しなかった」

とジョーが言った。

「日没に戻ってきたときは、きっとなにか金のことを言うと思いますよ」

「そうね」

とミセス・ポリファックスは答えた。そしてアマンダの様子をうかがった。彼女はさっきから彼らから少し離れて座っている。緊張し、心配そうに見えた。

ミセス・ポリファックスはジョーに声をかけた。

「ジョー、なにかこの国の話をしてくださらない？　わたくしたちはほとんどなにも見ていないのよ。テル・ハムサでエイミー・マディソンが、この国には美しいところがまだたくさん残っていると言ってましたわ」

ジョーはほほえんだ。

「そうですね。それにこの旅行は大部分、アンダーグラウンド、つまりしのび旅行ですからね、言ってみれば」

　彼の目もアマンダに注がれている。

「この国の人は自由にものが書けるの？」

「ええ、政治的なもの以外は、平気です。恋愛小説はとても人気がありますよ。たいてい時代小説ですがね。ぼくの好きな小説家はネザール・カバーネです。数年前にシリアから外国へ出た作家です。彼の書き方は非常に婉曲的なんです。皮肉なことに、アサド大統領は彼を国家的英雄と呼んでいるんですよ。『敗北の本に関する覚え書き』はぼくがとくに好きな本で、これは昔のスルタン（支配者）に捧げたものです。その中にこんな文章があります。『人々の半分は舌がない。人の耳に届かないため息がなんの役に立つだろう。残りの半分は石壁の内側で、静かに、ウサギやアリのように走りまわる』

　この言葉、いまの時代にも当てはまると思いますよ。人の耳に届かないため息があちこちでつかれている。でも」

　とジョーはここで明るい笑いを見せた。

「ご存じのように人々は親切でとても寛容だ」

「きみはこの国がよほど好きらしいな」

　とファレルがにっこり笑って言った。

「ええ、歴史がおもしろいんです」

　と彼は簡潔に言った。

「北の、トルコに近い国境では、考古学者が長い間神話上の都市とみなされていたウルケシュ（BC二三〇〇〜二一〇〇年のシリアの古代都市）の遺跡だと確信するものが発見されましたし、旧約聖書の時代のものですよ。子どものころに日曜学校で習ったことがしょっちゅう出てくるんですから」

と言うと、ジョーは照れくさそうに笑った。

「そうなんです。子どものころ、日曜学校に通わされてましたよ。嫌々ながらでしたが。でも、いまはそこで習ったことがすごく役に立っていると、よろこんで認めます」

アマンダがジョーの言葉を聞いていたかどうか疑わしかった。彼女の頭はその日の朝ボスラにやってきたという二人の男のことで一杯のようだった。ジョーが作家の文章を引用したので、ミセス・ポリファックスはアマンダが日記といっしょに携帯していたと思われるエミリー・ディッキンソンの詩を思い出した。『決してわたしが座ることのない金持ちのための窓の内側に』……。そして自分がどんなにアマンダに「窓の内側に」座ってほしいと願っているかに気がついてハッとした。ガラス窓の外から人生をながめるのではなく、人生の内側に、ちゃんと座ってほしい。この娘は目に見えない残酷さのなかで暮らしてきた。そして今度は悪意に満ちた残酷さを経験した。彼女はもっといい人生に値する。国境を越えて安全なところに行くことさえできれば。

会話はそこで途絶えた。彼らはじりじりと日が照りつけ、土ぼこりの立つ地面の上に直接腰を下ろし、これから歩いて行かなければならない広大な荒れ地を見ていた。地面は赤土でところどころに黒い岩が見える。ずっと遠くに木の茂みがわずかに地面に影を落としているのが見える。あそこまで行くことができるのだろうか。

この緊張感にはがまんがならなかった。なにもすることができない、もどかしさがあった。疲れた神経にこたえる。疲れが慢性的になっていた。ああ、熱いお風呂に入りたい。最後にシャワーを浴びたのはいつだろう。ああ、アメリカのディナーが食べたい。

「ホットドッグがいいわ」

気がつくと、彼女はそれを声に出して言っていて、ファレルが目を丸くして見ていた。

「ホットドッグがなんだって？　だいじょうぶかい、おばちゃま？」

「たんなる願望です」

と彼女は力なく笑った。

まもなく日没の祈りが門の内側の町のほうから聞こえてきた。ミセス・ポリファックスは白いスカーフを取り出してブルカの上からかぶり、ファレルとジョーとアマンダといっしょに地面にひれ伏した。ジョーだけが祈りの言葉をつぶやいている。

祈りの響きが退いていったとき、夕日の最後の輝きもいっしょに消えた。ちょっとの間、あたりは夕暮れの淡い光につつまれ、ジャバル・ドルーズ山が遠く、黒々と暗くなりかけた空に浮かんだ。日没の祈りのあとの静寂があたりをつつんだ。その静けさの中から、いきなり音もなくアントゥンが姿を現し、しゃがんで小声で彼らに話しかけた。

「まず初めはゆっくり進む。アザールでも探しているふりをして……」

「アザールは花です。それとも、なにかなくしたものを探すふりでもいいかもしれない？」

とジョーはアントゥンに言った。

「ナアム。それとも甘いメロンを取りに来た格好をしてもいい」

とアントゥンはこたえた。

ジョーはうなずいた。

「そういえば、この辺はメロンの産地だったね」

「灌木の茂みが見えるか？　月が高くのぼる前にあそこまで行かなければならない。今晩も月が明るいだろう。国境沿いの道路までずっとあの木々の茂みが続いている」

「道路？」

「国境沿いに道路があるらしい。パトロールのためでしょう」

とジョーが言った。

「パトロールは厳しいのか？」

とファレルが聞いた。

「マアレシ」

とアントゥンが肩をすくめた。

「気にするな、と言っています」

とジョーが通訳した。

アマンダが立ち上がった。「わたし、大声で叫び出しそうだわ」

ジョーが彼女の手を取って、ほほえんだ。

「だいじょうぶ。きみはそんなことはしないよ」

彼女は大きな目で彼をみつめた。

「ええ」と答えて、彼女はそっと手を引っ込めた。「わたし、もうだいじょうぶ。でも、おねがい、もう出発しましょうよ。もうじっとしていられないわ！」

「ええ。でもその前に、はい、これが手付け金です」

とミセス・ポリファックスが言って、アントゥンの手に札束の半分をのせた。

「残りは国境を越えたときにお渡しします」

彼の丸い顔がぱっと明るくなった。

「こんなに？　おれは新しい国で金持ちになるぞ！　シュクラン、あんたたちの案内は必ず最後までするよ！」

「ああ、そうたのむよ」

とファレルがくぎを刺した。

「金持ちのアムリーキー！」

とジョーがからかった。

アントゥンが興奮した声で言った。

「ヤッラ！　さ、行こう」

これはまるで、見えない観客のための芝居のようだ、とミセス・ポリファックスは思った。

彼らはゆっくりと、ときどき地面からなにかを引っ張るようなまねをしながら少しずつ前に進んだ。ときどき立ち止まり、指さし、また進み、町から離れるにつれてしだいにその速度を上げた。大きな畑を三つ越えた。その一つひとつが低い黒い石の塀で区切られていた。遠くに見えた灌木の茂みが少しずつ近づいてきた。二日前には満月だった月はいま欠けはじめていたが、東からの月光はそれでも十分に明るかった。彼らは最初のワジを越えた。そこから二キロほど歩いたところでやっと木の茂みにたどり着き、陰に座ることができた。

「ここからは早足になるんだ」

とアントゥンが言った。

だが、アントゥンが言い忘れたことがあった。それは茂みの木にはトゲがあることだった。背丈のある灌木には針のようなトゲが無数にあって、彼らの行く手を阻んだ。

「痛い！」というアマンダの叫びに続いて、ファレルの激しく罵倒する言葉があたりにひびいた。ミセス・ポリファックスはアバヤと真っ黒いブルカで全身をつつんでいたにもかかわらず、先を急ぐアントゥンの後ろについて、茂みの中を通る彼女の手からはまもなく血が流れ出した。

ところどころでトゲのある木々はまばらになったが、ミセス・ポリファックスはもう何時間も、いや何日も地獄の中をさまよっているような気がした。突然アントゥンが立ち止まった。指を唇に当てて、静かに、と合図すると、眉を寄せてじっと静かに立ち、それからまた歩き出した。

月はもうすっかり高くのぼっている。もう真夜中にちがいない、とミセス・ポリファックスは思った。左の空を見るとジャバル・ドルーズ山の上に点々と光が見えた。アントゥンが前に言っていたとおりだった。しかし、彼女は頭を上げることさえもはや苦痛だった。地面から目を離さずに右足の次には左足を前に出す。いまはそれだけしかできなかった。しまいに彼女はそっとアントゥンに聞いた。

「国境まで、あとどれほど？」

アントゥンは立ち止まった。そのとき偶然に月の光が彼の顔を照らしたのを見て、ミセス・ポリファックスはギクリとした。その顔は恐怖でひきつっていた。

「一キロ半くらい」

と言ってから、彼は低く言った。

「だれかつけてくる。うしろに人がいる」

「どうしてわかるの？」

と彼女も小声で聞き返した。

「よく耳を澄ますんだ」

ミセス・ポリファックスはそうしたが、なにも聞こえなかった。

ファレルとジョーがなにごとかというように彼女を見た。

「だれか、うしろからつけてくると言うのよ」

と彼女が教えた。

「なに！　なにが聞こえたって？」

とファレルがアントゥンを問いつめた。

ジョーがアントゥンにアラビア語で伝えた。

「木の枝が折れる音が右手の後ろで聞こえた、鳥たちが飛び立つ音を聞いた、それに彼は自分が特別に耳ざとい、と言ってます」

それまで前を歩いていたアマンダが戻ってきた。

「どうしたの？」

「シーッ」

とミセス・ポリファックスが言った。一同は耳を澄ました。後ろのほうで木の枝が折れる音がかすかに聞こえた。ミセス・ポリファックスは急に自分がここで一番年上であることを思い、それにカーステアーズが自分をここに送り込んだことにはそれだけの考えがあってのことにちがいない、と思いついた。

ファレルが早口で言った。

「ぐずぐずしてはいられない。急ごう！」

しかし、ミセス・ポリファックスは首を振った。

「いいえ。ちょっと待って」

「ちょっと待って？」

アントゥンがささやいた。

「ええ。アントゥン、もし捕まったらあなた、どうなるの？」

と彼女は低い声で聞いた。

「おれは知りすぎている。監獄だろう」

ジョーがうなずいた。

「そうだろう。そして拷問にかけられる。一方、ぼくたちはアメリカ人だ。運がよければ大使館に訴えることができる」

「そうでしょう」

とミセス・ポリファックスが言った。

「だから二手に分かれるのよ。わたくしたちが目的なら、アントゥンがわたくしたちといっしょであろうとなかろうと、追っ手はわたくしたちのあとをつけてくると思うの。アントゥンが見つけられないようにしなければ。アントゥン、あなたは一人で行動するのよ。石油ランプはあなたが持っていって。そして国境を越えたら、石油ランプをつけてわたくしたちに知らせるのよ。わたくしたちはその明かりをたよりに行きますからね」

そう言ってから、言わなければならない言葉を言った。

「向こう側に渡ったら、残りのお金を支払います。それまではあなたの荷物もわたくしたちが持ちましょう」

万一彼が弱気になった場合に、と考えたのだ。

彼の反応は意外だった。

「ナアム。わかった」

と言う声が涙声だった。

「親切が身にしみる。決して裏切らない。約束する。おれの荷物を持っていってくれ。おれが向こうで新しい生活をはじめるためのすべてがこれに入っている」

と荷物をミセス・ポリファックスに手渡しながら言った。

「ありがとう。分かれる前にどこに行ったらいいのか教えてちょうだい。国境に着いたら、フェンスがある、道路がある、それでわたくしたちはどこで落ち合うことに？」

アントゥンはうなずいた。

「まっすぐに行くんだ。すると国境のところに道路がある。その道路を東に約一キロほど行く……」

「東は左だね？」

とジョーが確認した。

「ああそうだ。ジャバル・ドルーズ山のほうだ。月明かりにも光って見える真っ黒な大岩を探すんだ。アッラーのご加護で、おれはフェンスの下にヨルダン側へ渡る穴を掘り、明かりをつける」

「わかりました。さ、行きなさい。急いで」

「シュクラン、シュクラン」

と言うと、アントゥンはトゲのある木の茂みをかき分けて左に行き、姿を消した。残りの者たちは一丸となって国境へと急いだ。

「追いかけてくるのはだれかしら。ファドとかいう警察官？」

アマンダが声をふるわせて言った。

「シーッ、声が大きいわ。さっき腰をかがめてメロンを探すふりをしたのがばからしいわね。もし初めからつけられていたのであれば」

残念だわ。あれはけっこう疲れる動作だったのに。

彼らの足どりが軽くなった。やっとトゲのある木の茂みを抜け出たのだ。地面はまた石ころだらけになった。月が雲間に隠れて、まったく月明かりがなくなった。やっと二つ目のワジにたどり着いた。あたりにはまばらに木が生えている。その先に急にでこぼこの土の道路が現れた。

「フェンスだわ。国境に着いたんだわ！」

アマンダがささやいた。

「ここで左だ。アントゥンが先に着いているように祈るのみ！」

とジョーが後ろから言った。

「ここから約一キロだと彼は言った。走るか？」

ファレルが聞いた。

「いいえ。まだアントゥンが向こうに着いているかどうか、わかりませんよ」

とミセス・ポリファックスが直感的に言った。

彼らは立ち止まってまた耳を澄ませた。なにも聞こえない。

「後ろのやつらに距離をつけたぞ。だれだかしらないが、ざまを見ろ」

とファレルが小声で息巻いた。

アントゥンが追いかけられているのでなければいいけど。ミセス・ポリファックスは彼がパニックに陥って、小枝を踏んだり、トゲの木の枝を折ったりして追跡者の注意を引いたのでなければいいが、と思ったが、否定的なことばかり考えてはいけないと自分をしかった。

月が雲間からふたたび顔を出し、彼らの足元を照らした。サンダルの底に感じる地面の柔らかさが心地よかった。トゲのある木もでこぼこの石もなく彼らは急ぎ足で前に進んだ。

最初にちらちらする光に気がついたのはミセス・ポリファックスだった。

「アントゥンの明かりだ！　着いたんだ！　向こう側に渡れたんだ。もう走ろう！」

ジョーが叫んだ。

「ほら、卵形の大きな黒い岩が見えるわ、ああ、よかった！」

と今度はアマンダが声を弾ませた。

アントゥンの姿が見えた。確かにフェンスの向こうに、ヨルダン側にいる。彼の姿がぼんやりと明かりに照らし出されている。が、明かりは彼のそばではなく金網のフェンスのシリア側にあった。

先に彼らに気づいたアントゥンが叫んだ。

「ワキーフ！　ナース！　ハディアテ！」

ジョーが驚いて立ち止まった。

「止まれ、男たちがいる、気をつけろ！　と叫んでいる」

「なに……？」

とファレルが話し出したとき、卵形の岩の後ろから男が二人現れた。アラブ人で、アントゥンが言ったようにショートパンツ姿だった。

「ザキだわ！　それとユセフ？　ああ、こんなところまで追いかけてくるなんて！」

背の高いほうの男が威嚇するように前に出た。

「黙って行かせると思ったか、このあほうめ」

この男がザキか、人の目を引くアラブ人だわ、とミセス・ポリファックスは思った。きっちりとそろえた口ひげ、薄い唇、目がぎらぎら光っている。その後ろのユセフと呼ばれた男はザキの子分だろう。しかしその目は猫の目のようで、それ見たことか、とあざけっているような意地悪い喜びに輝いている。ザキの命令にならなんでも従う危険な子分にちがいない。

石油ランプの弱い明かりの中で彼らはにらみあった。銀色の月の光が彼らに降りかかる。少し離れたところにフェンスがあって、アントゥンが掘ったと思われる穴が見えた。しかし、男たちの存在を知るのが遅すぎた。

アマンダの叫び声が聞こえて、ミセス・ポリファックスが振り向いた。ザキがアマンダに歩み寄って顔を平手でたたいたのだ。彼女は手を頬に当てたが、視線をそらさず、まっすぐにザキをにらんでいる。

「なにをする！」

とジョーが叫んだ。そしてザキに襲いかかった、とミセス・ポリファックスは思ったのだが、身体ごとザキにぶつかっていったのはアマンダだった。ミセス・ポリファックスは驚き、息をのんだ。

「殺してやる！」

とアマンダは叫んだ。

「わたしを止めることはできないわ。あんたになにができるというの？」

両手の爪を立てて飛びかかろうとしたアマンダを見て、ザキは驚き、後ろに一歩下がった。おとなしい生徒が攻撃してきたのだ。しかし、すぐに立ち直ると彼女の肩をつかんで地面にたたきつけた。

「こいつ！」

とファレルが叫んだ。それを聞いてユセフが彼につかみかかろうとしたが、そのときミセス・ポリファックスが彼の腕をつかんで喉元に鋭い空手チョップをくらわせた。ユセフはゲーッという声をあげると、喉元をおさえて倒れた。アマンダを起こそうと走りよったジョーは、急に立ち止まった。ザキの手に銃が握られていたのである。

ジョーに銃口を向けると、男は憎々しげにあざ笑って、倒れたアマンダの上にのしかかるように立った。

ジョーはザキという男をにらみつけた。

「おまえはほんものの悪党だ。アマンダ……」

アマンダはまったく動かない。ミセス・ポリファックスはアマンダが生きているかどうか、目を凝らして見た。そして彼女が意識を失っているのではないことを知った。ザキに見えないほうの片手が少しずつ動いている。アバヤの中に手を入れてなにかを取り出そうとしているのだ。見ていたミセス・ポリファックスの口が急にぽかっと開いた。驚きで声も出ない。アマンダの手にいつのまにか銃が握られていた。どこで手に入れたのだろう？

ザキが動きを察して足元のアマンダを見おろしたときは、すでに遅かった。二カ月にわたって彼自身が訓練してきた生徒を甘く見すぎていたようだ。アマンダは地面から彼を見上げると、立て続けに二発撃った。一発はザキの右腕に、もう一発は左腕に命中した。言葉もなく男は血の噴き出した自分の腕をながめた。その手から銃がぽとりと落ちた。

アマンダはよろめきながら立ち上がると、驚いているミセス・ポリファックスに、

「オマールの棚にあったのをもらったのよ」

「さあ、ぐずぐずせずに行こう！」

ファレルが叫んだ。

「そう、早く行って、みんな」

とアマンダがジョーとミセス・ポリファックスとファレルに背を向けて言った。石油ランプの薄明かりが、腕から噴き出す血を見て呆然と立ち尽くしているザキと、空手チョップで

意識をなくしているユセフをぼんやりと照らしている。

「わたしはみんなが向こう側に渡ったら、すぐに行くわ」

とアマンダは目をザキから離さずに言った。

「先に行って」

とジョーはミセス・ポリファックスとファレルに急ぐように合図しながらアマンダのそばに立った。

「ぼくはアマンダといっしょに行く」

ミセス・ポリファックスはアントゥンが掘ってくれた穴にもぐり込んだ。その後ろからファレルが続いた。二人ともヨルダン側に出ると、体を伸ばして立ち上がって叫んだ。

「だいじょうぶよ！　二人とも、急いで！」

ザキとアマンダの間においてあったランプの石油が切れるところなのか、明かりがいまにも消えそうに小さくなった。アマンダとジョーは後じさりして、さっと穴の中にもぐり込んだ。そのアマンダを見ながら、ミセス・ポリファックスの心に浮かんだのは、フィルムで見たアマンダの血色の悪い弱々しい姿だった。

アマンダ・ピムはローズヴィルではびくびくと暮らしていたかもしれない。しかしあのフィルムで見た弱々しい若い娘は、母親の世話をし、家事を一手に引き受け、安売り店の仕事も経理もすべて自分の手でまかなっていたのだ。それもだれからのサポートもなく、だれにも愛情をかけてもらわずにやってのけていたのだ。

おもしろいこと、とミセス・ポリファックスは思った。その退屈な、忍耐の生活がアマンダの強さを育てていたのだ。奇跡に近いことが起きたのだ。アマンダの花が咲いたのだ。

「アッラー・アクバール、アッラーに感謝を」

と穴の中から出てきた二人を見てアントゥンが言った。

「ここはもうヨルダンだ」

「アマンダ、きみにキスを贈るよ」

とファレルが投げキッスをした。

「オマールは国境の近くにテントを張っている移動者たちを探せと言っていたね？」

とミセス・ポリファックスに言った。

フェンスの向こうの石油ランプの火が消え、空の月はジャバル・ドルーズ山の後ろに隠れた。暗闇の中で彼らは少し離れたところにかすかに光を見つけた。ランプかもしれない。そのすぐそばに黒いテントらしきものが見える。ジョーとアントゥンがアマンダを両側から支え、彼らはその方向に歩き始めた。すると、テントのそばにもう一つ影が見えた。ジープのようだった。

それを見たファレルが眉をひそめて言った。

「またなにか、めんどうなことか？　おばちゃま」

彼らは足を止めた。どっと疲れが襲ってきた。そのとき、車のライトがつき、また消え、またついた。合図のように点滅している。男が一人、ジープから飛び降り、光の中から声をあげた。

「ミセス・ポリファックス、ファレル？　銃声が聞こえたが、だいじょうぶですか？」

ミセス・ポリファックスは聞き覚えのあるその声に、安堵のため息をついた。疲れが喜びに変わった。

「だいじょうぶよ」

と彼女はみんなに言った。

「あれは、あれは……」

喉が詰まった。

「あれはローリングスです。アンマンのＣＩＡオフィスのローリングスですわ」

第十六章

翌日、彼らはＣＩＡのオフィスで、ローリングスともう一人、年配の男に会った。悲しそうな疲れた顔にやさしそうな目をしたそのアメリカ人は、スミスと名乗った。コーヒーをみんなにすすめてから、「もしかすると、ミズ・ピムはコーラのほうがいいかな？」と聞いた。

アマンダはほほえんだ。

「ええ、お願いします」

「初めから、話していただきたい」

とスミスはアマンダに言った。

「そもそもの始まりから。たとえば、ペンシルバニア州ローズヴィルでの生活から、というのはどうですか。なぜエジプトへ旅行しようとしたのか。なぜ……。いや、一番大きな『なぜ』からはじめましょうか？　なにか不幸なことがあったのですか？」

ミセス・ポリファックスはその質問に興味を持った。ＣＩＡとカーステアーズはまだアマンダのことを疑っているのかしら？

アマンダはうなずいた。

「いま思うと、わたし、すごく怒っていたし、すごく傷ついていました。ショックを受けていたので」

ちょっとためらってから、彼女は話しだした。

「小さいときから、うちは貧乏だと思わされていました。旅行などしたこともなかったし、新しい服も買ってもらったことがなかった。いつも他の人のお古でした。説明してもわかってもらえないかもしれないけど……。毎晩、父と母は二階の小さなオフィスで、その日使ったお金を全部書き出して計算してました。父が死んでから、いろんなことを知ったのです。父のファイルを片づけようとしたら、細かい数字が書かれたインデックスカードがたくさん出てきました。何年分もです。父はローズヴィルで安売り店を経営していました。父の死後、その店は父の所有であることがわかったのです。でも、わたしは一度もそんなことは聞いていませんでした。わたしは大学へ行きたかった。奨学金だってもらえたのですけど、両親は寮に住むためのお金や本代や交通費が払えないからと、わたしの大学行きに反対したのです。あとで、うちから通うのならコミュニティ・カレッジに行ってもいいと言ってくれたので、登録をしたのですが、父が急死してしまったのです」

彼女は顔を引き締めて話し続けた。

「その後、母が病気になりました。心臓が悪いと言っていました。わたしはコミュニティ・カレッジもやめて安売り店で働き出しました。毎朝午前中だけ三時間、レジで働いたのです。パートタイムです。母の世話、料理、買い物、掃除、家計、全部わたしがしなければならなかったので」

彼女は無表情のまま続けた。

「母が死んだとき、わたしは弁護士といっしょに銀行の貸金庫に行きました。すると、株券が次から次へと出てきたのです。総額百万ドルに近い株券があったのです。正確には八十数万ドルでした」

ここで彼女は顔を上げた。悲しそうだった。

「最初にわたしの心に浮かんだのは、両親はなんて喜びのない生活をおくったのだろう、ということでした。それもすべてこんなにお金を貯めるためだったなんて。親のために泣きたい気持ちでした。でもそのうち……」

「そのうち、自分のために泣きたくなった？」

とスミスが言った。

その言葉に驚きながらも、アマンダはうなずいた。

「ええ、だって、わたしの親が残したのはお金だけでしたもの。愛情ではなかった。わたしはお金があってもどうしたらいいかわからなかった。わたしはそれまで、イルカの赤ちゃんを救おうとしていたのですが、もうそれさえもどうでもいいと思った。それほど落ち込んでいたのです」

「イルカの赤ちゃん、というのは何の話ですか？」

スミスが聞いた。

「イルカの?」

ジョーもおなじ質問をした。

彼女はうなずいた。

「知らなかった? ビールとかサイダーの缶を六本ずつ束ねるプラスチックの輪のつながりがあるじゃない? 海でイルカの赤ちゃんはそれに惹きつけられて遊ぼうと近寄って、その輪にはまって抜けられなくなってしまうんですって。だからわたしはいつも、はさみであのプラスチックの輪を切ってから捨てていたんです。でも、それさえも、もうどうでもいいことのように思えたの」

やっと話がのみ込めて、スミスは質問をした。

「それで? なにもかもどうでもいいと思って……エジプト旅行に出たのですか? どうも話が続かないな」

アマンダは首を振った。

「いいえ、そうじゃないんです。エジプト旅行は弁護士がすすめたのです。わたしのことを気の毒に思ったのだと思います」

しばらく沈黙があったのち、彼女はまた話し始めた。

「ハイジャッカーに乗っ取られて、航空機がダマスカスの空港に強制着陸させられて、長い時間、わたしたち乗客が人質になっていたとき、わたしはいろいろなことを考えました。そしてエジプトへ行ってもなにも始まらない、と思ったのです。そこに着いたところで、なにをしたらいいのか、わたしがアマンダ・ピムであることは変わらないのだ、と。そしてなにもかも、どうしようもない、なかでもわたし自身に何の希望ももてない、と思うにいたったのです」

ミセス・ポリファックスは言葉をはさみたかったが、これはミスター・スミスのインタビューなのだと自分に言い聞かせて、待つことにした。

「どうでもよくなったのですね？」

とスミスは聞いた。

「ずいぶん前のことのような気がします。ええ、たしかにあのとき、わたしはどうでもいい、と思いました」

「それで、いまは？」

と彼は聞き、ほほえんだ。

「いま、わたしはもう一度生きるチャンスが与えられたような気がします。大学へ行こうと思います。と言っても」と彼女はいたずらっぽくすっと笑った。「ライフルやピストルを分解したり、組み立てたりする知識を、わたしの履歴書にどう書いたらいいのかわかりませんけど」

「ニューヨークの大学へ行ったらいいよ」

とジョーが我慢できなくなって口をはさんだ。

「ぼくが来年の二月からニューヨークで教えはじめるから」

彼女は驚いたようにチラリと彼を見た。ミセス・ポリファックスは、この娘はいままで人から認められたりほめられたりした経験がないから、実際にそのようなことがあると驚くのだわ、これからはきっと驚きっぱなしでしょう、と思った。

スミスは話を本筋に戻し、重々しく言った。

「さて、これから聞くことはわれわれにとって非常に重要なことです。あなたを誘拐した者たちの計画を知っていますか？　あなたをなにに使おうとしたのか。その話をしてもらえますか？」

「彼らの計画は」

と彼女は落ちついて話し出した。

「わたしを利用することでした。彼らの仲間の一人がするはずだったことをわたしにさせるということ。それはある男の人を暗殺することです。その人はときどき宮殿の庭を歩き回る。宮殿そのものは厳しく警護されていますが、庭は手薄なのです。わたしは射撃とカモフラージュがうまくなったら、狙撃手《スナイパー》となって、その人を撃ち殺せと言われました。もちろんその後わたしは捕まり殺されるでしょうが、わたしは彼らの言葉を借りれば『惜しくない』存在でしたから。すべてザキの復讐のためでした」

「復讐？　何の復讐だろう？」

とスミスが聞いた。

「ハマの復讐だと言っていました。そのときザキの家族は皆殺しにされたと」

スミスが目を細めた。

「ということは……ああ、なんということだ、アマンダ、きみは暗殺をする相手の名前を知っていたのか？」

「ええ、シリアの大統領、ハフェズ・アル・アサドだと言われました」

沈黙が彼らのうえに重くのしかかった。しばらくして、ファレルが言った。

「ひどいな、ライオンの檻の中に投げ込まれるところだったわけだ」

ジョーはなにも言わずにアマンダの座っている椅子の後ろに立った。

スミスが首を振りながら言った。

「その男たちはきみがほんとうに大統領を暗殺できると信じていたのだろうか？」

「ええ」

と答えるアマンダの顔に苦々しさが浮かんだ。

「男であろうが、女であろうが、一日十八時間の狙撃の訓練を受けていたら、何のちがいもないと彼らは言っていました。それにわたしはいつも、殺してくれ、命なんか惜しくないとあの人たちに言っていましたから、本気でわたしを使う気だったと思います。彼らは空中撮影写真を持っていました。また、宮殿の古い地図も、狙撃手がどこにひそんだらいいかも知っていました。なにもかもとても簡単そうに聞こえました」

「内部に通報者がいるにちがいない。そうでなければ……」

とスミスは言葉を濁した。それからアマンダに説明した。

「大統領のもっとも手強い敵、ムスリム同胞団はハマを拠点としていた。ハマというのは町の名前ですよ、ミズ・ピム。ムスリム同胞団は軍隊を攻撃したり、政府の行政官を暗殺したり殺しの破壊工作をしていた。だがアサド大統領がハマを徹底的に弾圧して大人から子どもまで住民の半分を殺して、同胞団の息の根を断ったのだ。大虐殺だった。同胞団の生き残りはドイツに逃げたと言われている」

「ドイツか。ぼくが捕まったとき、やつらの中にドイツ語を話していたのがいたな……」

ファレルが言った。

ミセス・ポリファックスが話を戻した。

「それで？　もしその計画がうまくいっていたら？」

スミスは立ち上がって、窓辺に行き、彼らに背中を向けたまま話した。

「こう言ってもいいだろう。過去二十年前から十年前の間、シリアには国内紛争があった。虐殺、反乱、暴力が中東全体に横行したと言える。シリアだけでなく、イラク、イラン、モロッコ、南北イエメン、それにイスラエルに占領された地帯でも同様だ。イランとイラクは十年間も血なまぐさい戦争をした。イスラエルはイラク、チュニジア、レバノンを爆撃し、レバノンに侵入した。パレスチナの人々は石のつぶてで戦い出した。そうこうするうちに決定的なことが起きた。イラクがクウェートを攻撃したことだ。湾岸戦争の始まりだ。あとはみんなが知っているようにアメリカが中東戦争に初めて参戦するということにつながる」

いったん、言葉を切って、スミスはまた話し出した。

「中東にどのような平和が築かれようと、それはアル・アサド大統領抜きではあり得ない。アサドが要《かなめ》の人物になることはたしかだ。アサド大統領は、もちろん彼なりの方法でではあるが、平和を望んでいる。現時点では、シリアは比較的落ちついている。彼がいなくなったら、どのような混乱になるか、神のみぞ知る、というところなのだ」

「それこそ、ザキの望むところなのよ」

とアマンダが言った。

「混乱こそ。わたし、いままで中東のことをなにも知らなかったわ、残念なことに」

スミスは冷静に話を続けた。

「将来、中東は世界の注目を集めるだろう。シリアを出てからこのことを話すと言ったきみの判断は正しかったと思う。ダマスカスにあるわれわれの大使館も、今回の暗殺計画の話を聞いても、信じられないだろうし、きみが妄想にとりつかれていると、本気で取りあげなかったかもしれない。ここにいる人たちはみんな、きみがとらわれていた狙撃手《スナイパー》キャンプの目撃者だ。そしていまのきみの言葉の証人でもある。ここから先は国務省の仕事になる。アサド大統領に、彼が許可した砂漠の軍事訓練所はスーダンで戦う傭兵の訓練のために使われているのではなく、彼自身の首をねらう狙撃手の訓練に使われていたことを、公式に外交ルートで説明をしてもらおう。そういえば、スーダンの人口の半分はイスラム教徒だ。きみの誘拐犯たちのなかにはほんとうにスーダンへ出かける者もいるのだろう。だが、ムスリム同胞団、イフワーン・ムスリミーンの怒れる連中は……」

「ああ、その名前、それを何度も聞いたわ」

アマンダがうなずいた。

「彼らは現在、エジプトを弱体化しようとあらゆる工作をしている。さて、昨日の晩はよく眠れたかね？」

一同はうなずいた。

「今晩のニューヨーク行きに乗ってもらおうと思っている。ミズ・ピムはパスポートがないが、国務省の特別措置が受けられるのでいっしょに出発できるよう手はずを整えているところだ。そしてニューヨークに着いたら……」

ここでミセス・ポリファックスが口をはさんだ。

「わたくし、夫のサイルスに昨晩電話をしました。ケネディ空港まで迎えに来てくれるそうですわ。またわたくしたち四人がゆっくりできるように、二、三日、どこかのホテルを予約しておくと言っていました。アマンダになにか新しい服を買い、マンハッタン見物もさせなくてはなりませんものね」

ファレルがわざと厳しい顔でジョーに言った。

「そしてきみは、夜のニューヨークを案内してやれば？」

「よろこんで」

とジョーはアマンダに笑いかけた。

アマンダは話題の中心で恥ずかしそうだったが、素直に喜んでいるのはだれの目にも明らかだった。

「それからアマンダ、よかったら、サイルスとわたくしといっしょに、そのままコネチカットのわたくしたちの家までいらっしゃい。数日滞在なさいよ。ケイディ・ホップカークという お嬢さんがよくうちで週末を過ごしに来るのよ。彼女に会ったら、きっとあなたもよろこぶだろうと思うわ。同じ年頃だしニューヨークで美術を勉強しているのよ」

アマンダの顔が輝いた。

「なにもかも、一度に起きるのね？」

「服の買い物のことだけど、ぼくがいっしょに行ってあげるよ。格好いいのを見立ててあげよう。ゲリラの狙撃手にふさわしいのをね」

スミスはため息をつき、このはしゃぐ連中をどうしようというようにローリングスを見た。

「えへん」とローリングスが咳払いをして注意を集めた。「さて、現時点で必要な情報はすべていただきました。ガイドをしてくれたアントゥンはいま、安全なところにいます。かなりの数の人々をヨルダンに送りこんだらしいので、親切な友人もたくさんいるようです。あなたも今回親切なお友達に恵まれたようですね、ミズ・ピム」

アマンダは感謝をあらわすようにうなずいてにっこりした。

「これからインターコンチネンタル・ホテルにお送りします。そして六時ぴったりにわたし自身が空港へ見送るために迎えに行きますから、用意をしていてください」

これにには気むずかしいファレルでさえもうれしそうにうなずいた。全員立ち上がり、ＣＩ

Aのオフィスを出ようとしたとき、ファレルはミセス・ポリファックスをそばに呼んで、聞いた。

「おばちゃま?」

「はい?」

「アマンダとジョー……あのふたり、結婚するところまでいくかな」

「そんなことは知りませんよ」

と言って、ミセス・ポリファックスはほほえんだ。

「でも今度の経験をいっしょにして、危険というものとそれに立ち向う勇気を知り、なによりそのなかでお互いを知って、きっと生涯の友人になるだろうとは思いますわ」

「ぼくたちのように?」

と言うと、彼はミセス・ポリファックスの手をとって自分の腕にからめて、アマンダとジョーの後ろから建物の出口のほうへ向かった。

「でもぼくはやっぱり、あのふたりは来年の暮れまでには結婚するような気がするな」

訳者あとがき

久しぶりにミセス・ポリファックスの登場です。今回のミセス・ポリファックスの活躍舞台は前回のヨルダンに続いて中東の国シリアです。翻訳作業の最中、二〇〇〇年六月十日に、突然、ハフェズ・アル・アサド大統領の逝去《せいきょ》が伝えられて、驚きました。というのも、読んでいただければわかりますが、この本はまさに、中東の実力者でアラブ和平の鍵をにぎるといわれる、シリアのアサド大統領を陰の主人公として書かれたものだからです。心臓発作で六十九歳でなくなったアサド大統領は、一九七一年以来、シリアをおさめてきた独裁者といわれています。国内を鎮定させるためにかなり強硬な姿勢を貫いたというその政治の陰には、内外のさまざまな思惑《おもわく》や権力闘争があるものと思われます。

今回、ミセス・ポリファックスがシリアにやってくる背景には、テロや宗教闘争の歴史や現実があります。この物語は、あくまでアサド大統領が存命で、シリアが秘密警察ムハーバラートや、軍隊や警察の力で治安を保たれている状態であることが、前提となって作られています。作者のドロシー・ギルマンはアサド大統領は強権政治ではあるが、彼がいなくなったら、中東はバランスが崩れて和平が後退するという危惧《きぐ》を本編の中で登場人物に言わせています。現実にはアサド大統領の逝去後、いまのところ大きな事件はなく、次男のバッシャール氏が引き継いで大統領になり、少数派ながらイスラム教のアラウィ派が引き続き権力を握ることに落ち着いているようです。

現実の世界状勢を題材にして小説を書いていると、実際にまさにタイミングをはかったように今回のようなことが起こりうるのですね。まるで、アサド大統領の死を予測したように原作は二〇〇〇年二月に発行されています。あと半年遅く完成していたら、大統領の逝去が現実となり、大幅に書き換えなければならなかったかもしれません。

さて、前回の『おばちゃまはヨルダン・スパイ』同様、今回もミセス・ポリファックスといっしょにダンディのジョン・セバスチャン・ファレルがシリアの首都ダマスカスへ飛びます。今度の使命は、失踪した若い女性を探し出し、無事シリアから連れ戻すこと。アマンダという名のこの女性は、ハイジャック機の乗客二百三名の命を救ったヒロインなのですが、テレビでその喜びのインタビューを受けた直後に、公衆の面前で車に乗り込み、そのまま姿を消してしまったという謎の人物です。状況から言って、誘拐されたのではないかと推測されますが、まったく消息を絶ったままなので、失踪が死亡を意味するのではないかと関係者は思い始めています。そういう状況の中で、おなじみＣＩＡのカーステアーズのもとに、アマンダは生きているらしいという噂が入るのです。そこで叔母さんに扮したミセス・ポリファックスとそのいとこを装うファレルの登場というわけです。

ダマスカスに着いた初めから、尾行者が見えかくれします。その尾行者が秘密警察の者なのかそれとも誘拐した側の者なのか、かいもく見当がつかないまま、ミセス・ポリファックスたちはシリアの奥深くまで入り込んでいきます。そこにはウマイヤ朝の隊商宿の遺跡を発掘する考古学者たちのキャンプがあって、若手考古学者ジョー・フレミングが、じつはアマンダが生きているらしいという推測の元となった噂を聞きつけた人物だったのです。

中東はメソポタミア文明の発祥の地ですから、今回の物語にはウマイヤ朝隊商宿の遺跡発掘現場やパルミラの遺跡などが事件の展開とともに描かれ、古代遺跡が現代に生きる中東の雰囲気がよく伝わってきます。ウルケシュの古代都市など、発見されたばかりのものもあるようで、想像力が駆り立てられます。

ミセス・ポリファックスは持ち前の機転と想像力で、古代遺跡の発掘現場近くの遊牧民ベドウィンの地を舞台としたアマンダの救出に、パラシュート部隊顔負けの奇想天外な手段を用います。その手段とは……、読んでのお楽しみ。

あいかわらず素っ頓狂で、それでいて人の心をよく感じとる、やさしいミセス・ポリファックスは健在です。今回も、子どものときから愛情に恵まれない若者に心を痛めます。両親はそろっていても、愛情をかけられないで育ったアマンダ。生きることに臆病になり、無関心になった彼女は、何事にも消極的で、どうせわたしは……、となりがちなのですが、ミセス・ポリファックスの愛情深い言葉にしだいに感じる心を取り戻します。そのアマンダが逆襲に出たときの強さを、ミセス・ポリファックスは、若いのに学校にも行けず、毎日お店を手伝い、母親の面倒を見、家事を切り盛りしてきたアマンダの忍耐力が培《つちか》ったものと見ます。

平凡な毎日をつつがなく過ごすことはただ退屈のように見えますが、じつはその日々が本当の力をつけてくれたのだと推測するのです。

ミセス・ポリファックス・シリーズの他の作品もずいぶんそろいました。このところ立て続けに『伯爵夫人は超能力』『アメリア・ジョーンズの冒険』『古城の迷路』と翻訳刊行していますが、どれも絶望する若者やトラウマを持つ若者、自信を喪失し人間関係を作るのが下手な若者を描いています。ドロシー・ギルマンはすでに七十代の作家ですが、こんなに若者の心を感じることができるのは、また選んでそのような若者を描くのは、彼女自身、そのような経験があるのではないかと、このごろ訳していてしきりに思うのです。決して見捨てない、信じられる、という人間関係がいかに大切か。これこそドロシー・ギルマンのどの作品にも表れるメッセージと言えるかもしれません。

生きていく上で、なにがなくてもこれだけはほしいものとはなにか。ドロシー・ギルマンはミセス・ポリファックス・シリーズでもその他の作品でも、わたしたちに、「立ち止まって。一番大事なものを見失っていない？　そのことだけを考えて！　いまからでも遅くないわ！」と言っているような気がします。だからこそ小学生からお年寄りまで、ドロシー・ギルマンのファンは、彼女の作品に惹きつけられるのだと思います。日常生活の中で実行できる、人に対するやさしさのヒントがいっぱい詰まっているからです。

今回もまた拓殖大学海外事情研究所の佐々木良昭氏に、アラビア語のご指導を受けたのをはじめ、中東事情のことで多くの方々のご協力を得ました。この場を借りてお礼申し上げます。

二〇〇〇年九月

柳沢由実子

●集英社文庫・海外シリーズ

アメリカのナースたちの声
命のカルテ
エコー・ヘロン　中井京子・訳

オクラホマ連邦政府ビル爆破事件で実際に治療にあたった悲惨な経験、差別して治療する医者への不信など、17年間医療の最前線で働いた看護婦が、アメリカ各地で聞いたナースたちの驚くべき告白集。

その腕に抱かれて
サンドラ・ブラウン　秋月しのぶ・訳

ニューオリンズの教祖殺人事件をめぐって、通販の下着会社の女社長が容疑者となった。真犯人は教祖の後妻か息子か、それとも……。ラブ・サスペンスの女王の傑作『フレンチ・シルク』の文庫化！

謎の女を探して
サンドラ・ブラウン　秋月しのぶ・訳

情熱の一夜のあと、美しい女は姿を消していた。テキサスの石油採掘会社の若き経営者ラッキーは唯一のアリバイ証人となる女の行方を探したが……。全米で百万部突破の大ベストセラー小説!!

トクする雑学
ハンスヴィルヘルム・ヘーフス　西川賢一・訳

古今東西、あらゆるジャンルの雑多な知識をドイツ人的厳格さと知識欲でフォローした雑学大全。ちょっと疲れたあなた、少しばかり友達に自慢したい人、デートの話題にこと欠く君にぴったりの本。

集英社文庫

おばちゃまはシリア・スパイ

2000年10月25日　第1刷

定価はカバーに表
示してあります。

訳 者　柳《やなぎ》沢《さわ》由《ゆ》実《み》子《こ》

発行者　谷 山 尚 義

発行所　株式会社　集 英 社

東京都千代田区一ツ橋2－5－10
〒101-8050
　　　　(3230) 6094 (編集)
電話 03 (3230) 6393 (販売)
　　　　(3230) 6080 (制作)

印 刷　図書印刷株式会社

製 本　図書印刷株式会社

ISBN 4-08-760388-1 C0197